诗词格律基础知识

施向东 著

商務印書館国际有限公司
中国·北京

图书在版编目（CIP）数据

诗词格律基础知识 / 施向东著. -- 北京 : 商务印书馆国际有限公司, 2022.1
ISBN 978-7-5176-0875-2

Ⅰ. ①诗… Ⅱ. ①施… Ⅲ. ①诗词格律 - 基本知识 - 中国 Ⅳ. ①I207.21

中国版本图书馆CIP数据核字(2021)第248503号

SHICI GELÜ JICHU ZHISHI
诗词格律基础知识

著　　者　施向东
出版发行　商务印书馆国际有限公司
地　　址　北京市朝阳区吉庆里14号楼
　　　　　佳汇国际中心A座12层
邮　　编　100020
电　　话　010-65592876（编校部）
　　　　　010-65598498（市场营销部）
网　　址　www.cpi1993.com
印　　刷　三河市紫恒印装有限公司
开　　本　880mm × 1230mm　1/32
字　　数　170千字
印　　张　7.25
版　　次　2022年1月第1版第1次印刷
书　　号　ISBN 978-7-5176-0875-2
定　　价　32.00元

前言

十分感谢商务印书馆国际有限公司愿意出版印行这本有关诗词格律基础知识的学习册子。

中国文学的百花园中，诗和词是久负盛誉、广受欢迎的文学体裁，直到今天，它们仍然活跃在人民大众的口中和诗词爱好者的笔下。尤其是近十年以来，学校教育中古典诗词的内容得到加强，青少年的阅读、欣赏水平得到很大程度的提高，再加上新加入的诗词爱好者的积极参与，全国各地诗词创作、吟诵的社团不断涌现，一个有着充分群众基础的诗词文学热潮，正呈现出前无古人的面貌。盛世之音，预示着中华民族伟大复兴的不可阻挡之势。

作为文学体裁的一种，诗歌的特征就是有格律的语言艺术。掌握诗词的格律，无论对于阅读欣赏、充分领略前人作品之美，还是学习创作、将自己的内心之美奉献予当世及后人，都是十分必要和重要的。古人说，“言之无文，行而不远”。古代那些脍炙人口的优秀诗词作品，之所以能够流传至今，远播五洲四海，除了它们具有深刻的思想内容之外，其艺术形式的优美也是不可缺少的因素。诗词的格律是诗词艺术形式的重要组成部分。因此，掌握诗词格律，是步入诗词艺术殿堂的最初阶梯。

本书的目的就是将诗词格律的基础知识，比如跟诗词格律有关的术语、句式、节奏、押韵、对仗、平仄格式的规定及变通、词牌、词谱，以及诗歌语言艺术等问题，用通俗的语言、易记的方式向读者进行普及，希望能够对诗词爱好者有所帮助。不当之处，也希望得到方家的批评指正。

本书曾以《诗词格律初阶》为名于2001年由天津大学出版社出版印行，20年来一直受到读者的欢迎。这次商务印书馆国际有限公司改版发行，未及进行修订，十分抱歉。刊谬补缺，姑待来日。

2021年12月 作者记

说明

一、本书所选用的诗句中，加粗的黑体字表示该字是入声字。如：

北风卷地**白**草**折**，胡天**八月即**飞**雪**。

二、单字下有下划线＿、＿、﹏等的，表示该字押韵。相同的符号表示同韵，不同的符号表示换韵。如：

桃之夭夭，灼灼其华。

之子于归，宜其室家。

桃之夭夭，有蕡其**实**。

之子于归，宜其家**室**。

三、连续使用下划线（包括不在韵脚位置上）时，用来表示需要注意之处。如：

秋登兰山寄张五 ［唐］孟浩然

北山**白**云里，隐者自怡**悦**。

相望试登高，心随雁飞**灭**。

愁因**薄**暮起，兴是清秋**发**。（对仗）

四、字下有着重号的，表示需要注意的重点字词。如：

㊀仄平平仄，平平仄仄平 → ㊀仄仄平仄，平平平仄平

行到水穷处，坐看云起时。（王维）

加着重号的水和坐是仄声，云是平声。

目录

诗词格律概说 …………………………………………… 01

（一）诗歌都是有格律的……………………………………02

（二）与诗词格律有关的术语………………………………09

1．古体诗和近体诗 …………………………………09

2．律诗、长律、绝句 ………………………………10

3．押韵、韵脚 ………………………………………12

4．对仗 ………………………………………………14

5．四声、平仄 ………………………………………16

第 1 章　回环美——近体诗的押韵………………………… 21

（一）近体诗押韵的原则……………………………………22

1．用脚韵 ……………………………………………22

2．偶句押韵 …………………………………………22

3．押平声韵 …………………………………………24

4．一韵到底 …………………………………………25

（二）近体诗押韵的标准……………………………………26

（三）关于首句押韵的问题…………………………………34

（四）限韵、分韵、和韵……………………………………38

（五）对近体诗押韵问题的讨论……………………………41

第 2 章　对称美——近体诗的对仗……………………… 47
（一）对仗在近体诗中的位置………………………………48
1．只有一联对仗 ………………………………………49
2．三联对仗 ……………………………………………50
3．全篇对仗 ……………………………………………52
（二）对仗的种类…………………………………………55
1．工对 …………………………………………………55
2．邻对 …………………………………………………58
3．宽对 …………………………………………………58
4．流水对 ………………………………………………59
5．扇面对 ………………………………………………60
6．本句对 ………………………………………………61
（三）对仗的讲究和避忌…………………………………62
1．巧用特征词语，以求对仗工整 ……………………62
2．自对与互对兼用 ……………………………………64
3．借字对和借音对 ……………………………………65
4．错综对 ………………………………………………66
5．正对与反对 …………………………………………67
6．相承两联句式和节奏的变换 ………………………69

第 3 章　音乐美——近体诗的平仄……………………… 71
（一）近体诗平仄格式的形成………………………………72
（二）律句…………………………………………………75
1．五言律句的平仄格式 ………………………………75

2．五言律句的平仄特点 ……………………………76
3．七言律句的平仄格式 ……………………………77
4．七言律句的平仄特点 ……………………………78
5．五七言律句的类别 ………………………………79
6．五七言律句平仄的变通 …………………………79
（三）黏对…………………………………………………80
1．什么是黏对 ………………………………………81
2．五言律诗和七言律诗的黏对规则 ………………81
3．长律和律绝的黏对规则 …………………………87
（四）失对，失黏…………………………………………91
（五）拗救…………………………………………………94
1．B 式句的“拗”和“救” …………………………96
2．b 式句的“拗”和“救” …………………………97
3．a 式句的“拗”和“救” …………………………98

第 4 章　声韵古拗，别具一格——古风…………………… 101

（一）古风的句数、字数、节奏………………………… 102
1．古风的句数 ……………………………………… 102
2．古风的字数 ……………………………………… 104
3．古风的节奏 ……………………………………… 104
（二）古风的押韵………………………………………… 106
1．古风的押韵不限于平声 ………………………… 106
2．古风的押韵可以换韵 …………………………… 107
3．古风的押韵有邻韵通押现象 …………………… 110
4．古风押韵不限于偶句 …………………………… 113

5．用同一字重复押韵 …………………… 115
（三）古风的对仗…………………………… 116
1．对仗在古风中没有一定的位置 ………… 116
2．古风的对仗不求“工”而求“拙、拗” … 118
3．仿律古风的对仗不避工整 …………… 120
（四）古风的平仄…………………………… 120
1．五言古风的平仄 ……………………… 121
2．七言古风的平仄 ……………………… 123

第 5 章　奇韵纷呈——词的格律…………………… 127

（一）词的基本概念………………………… 128
（二）词的产生和发展……………………… 128
（三）词调、词牌、词谱…………………… 135
（四）词的押韵……………………………… 138
（五）词的对仗……………………………… 146
1．词的对仗不一定平仄相对 …………… 146
2．词的对仗可以同字相对 ……………… 147
3．词的对仗位置不固定 ………………… 148
4．词中有扇面对和鼎足对 ……………… 148
（六）词的节奏和平仄……………………… 150

第 6 章　诗词的语言艺术………………………… 155

（一）词语的活用…………………………… 156
（二）特殊语序……………………………… 157

（三）省略…… 159
（四）名词句…… 160
（五）譬喻…… 161
（六）代称…… 161
（七）谐音…… 162
（八）双关…… 163
（九）顶真…… 163
（十）用典…… 164
（十一）诗词语言常见问题的分析…… 168
1．错用古汉语词造成病句错句 …… 168
2．生造词语，造成语病 …… 168
3．语言陈旧 …… 169

附录 1　诗韵 …… 171
附录 2　词谱举例 …… 183

诗词格律概说

清·戴天瑞　春山胜事图

众所周知，诗歌和其他体裁的文学作品一样，都可以从形式和内容两个方面来观察、赏析。关于诗歌内容方面的问题，比如诗歌在整部文学史中的地位，诗与其他文学体裁的关系，诗歌的选材、主题、意境，诗歌的社会历史背景，诗歌与其作者的关系等问题，都是文学和文学史所研究的对象，而不是本书的内容。诗词格律，主要是介绍如何欣赏中国古典诗词的形式美，包括诗歌语言的音乐美、诗歌形式的对称美、诗歌形式适应内容的意趣美等等。这种美的欣赏，可以通过对诗词名篇的反复吟咏去感受、去体会，但要从理性上来把握它，则是需要掌握许多有关的基本知识之后才可以做到的。本书就是希望通过对诗歌形式美的诸方面进行解析，帮助读者了解作为中国文学瑰宝的古典诗词的艺术形式以及如何从形式方面来赏析诗词。

欣赏诗词的形式美，是整个文学欣赏的一部分。好的诗词，总是内容和形式的完美统一。《诗经》说："追琢其章，金玉其相。"（《大雅 · 棫朴》）《论语》说："质胜文则野，文胜质则史，文质彬彬，然后君子。"（《雍也》）都强调了形式美的重要性。"买椟还珠"这种只取形式、不要内容的举动固然愚蠢可笑，而只讲内容、不懂得对艺术形式进行欣赏的人，也同样俗不可耐。

诗词格律是中华民族历史文化宝贵遗产的一部分，我们了解它、研究它，对于这一份珍贵遗产也就能更好地批判继承。

（一）诗歌都是有格律的

诗歌是一种最古老的文学艺术。世界上只要有文学，最早的一定是诗歌。远在没有文字之前，诗歌作品就流传在先民的口头上。有了文字之后，那些不识字的老百姓，也往往能够背诵许多优美的诗篇，甚至几十万字、几百万字的长篇史诗。古希腊的两大史诗《奥德赛》

和《伊利亚特》，据说就是一位名叫荷马的盲人唱下来的。中国古代的诗歌是和音乐联系在一起的，而那些乐官也多半是盲人，《诗经》、《左传》、《周礼》上称之为“瞽”。秦始皇焚书，《诗经》首当其冲。但到汉初，又被会背诵《诗经》的人写了出来。中国先秦文献几乎都有真伪之争，唯独《诗经》之真是没有争议的。现在三岁的儿童，认识不了几个字，却能很流利地背诵儿歌，甚至是唐诗。这些不争的事实，总该有一个原因。显而易见，最主要的原因就是，诗歌是一种有格律的语言。它节奏和谐，它声调抑扬顿挫，它押韵。它利用了语言本身内含的音乐美使人受到感染，调动了人的记忆潜力，并且给人们的记忆提供了十分便利的条件。这就是诗歌这种文学体裁能够发生最早、流传最广泛、最久远的原因。《说文解字》上说：“诗，志也。”《毛诗序》说：“诗者，志之所之也。在心为志，发言为诗。”“志”字古文字作“[illegible]”，上边是“止”，下边是“心”，止于心，就是记忆的意思。这都说明了诗及诗的格律跟记忆的关系。

那么什么是诗歌的格律呢？在今天，“格律”有广义、狭义两种含义。狭义地说，格律指的是唐以来兴起的近体诗和词曲在字数、节奏、平仄、押韵、对仗等方面的种种规定。因此，所谓格律诗，指的就是“近体诗”，以区别于不按照这些特殊规定写下的“古体诗”、“乐府诗”等等。词和曲也是有格律的诗歌。广义地说，任何诗歌都是有格律的。比如，《吴越春秋》记载的一首古歌《弹歌》：

断竹，续竹。飞土，逐肉。

虽然只有8个字，却节奏分明，两字一句，第一、二、四句句末押韵（上古音入声觉部）。再如《诗经·周南·桃夭》：

桃之夭夭，灼灼其华。
之子于归，宜其室家。
桃之夭夭，有蕡其实。
之子于归，宜其家室。
桃之夭夭，其叶蓁蓁。
之子于归，宜其家人。

这首诗四字一句，四句一章，每两句一押韵；每一章一换韵（第一章上古音平声鱼部，第二章上古音入声质部，第三章上古音平声真部）。每一句中，两个音节为一个音步，形成×× ××的节奏。这是诗经中诗句的基本节奏。而汉应劭《风俗通义》记载的《琴歌》如下：

百里奚，五羊皮。
忆别时，烹伏雌，炊扊扅。
今日富贵忘我为。

此诗由三字句和七字句组成。三字句的节奏为一个单音节音步和一个双音节音步构成：×× ×(百里 奚)或 × ××（烹 伏雌，炊 扊扅），七字句的节奏实为三字句前加上两个双音节音步：×× ×× ×× ×。节奏跳跃而明快，韵脚和谐（上古音平声歌部），句式排偶，非常好记，能够“过耳不忘”。汉代开始盛行的五言诗，在节奏上与三字句和七字句的诗歌有异曲同工之妙，也相当于一个三字句前加上一个双音节音步：×× ×× ×，或×× × ××，如古诗十九首之一《庭中有奇树》：

庭中有奇树，绿叶发华滋。

攀条折其荣，将以遗所思。

馨香盈怀袖，路远莫致之。

此物何足贵，但感别经时。

这首诗偶句押韵，韵脚严谨（上古音平声之部），节奏方面双音节音步和单音节音步错综交替，既有章法又不泥滞，宛如行云流水，一气呵成，无怪千载之下仍为人称道。

上面的例子足以解决某些人的一种误解，即似乎除了五言律诗、七言律诗这些近体诗需要讲究格律之外，其他诗体没有什么格律可言。事实上，节奏、押韵等诗歌最基本的因素，在汉语诗歌中可以说是与生俱来的。不押韵的诗，即使有，也少而又少（据王力《诗经韵读》,《诗经》中只有8首完全无韵的诗），而不讲究节奏的诗，则恐怕根本没有。

循名责实，诗歌本质上就是一种讲究韵律的文学艺术。古今中外，莫不如此。比如下面这首古代拉丁语的小诗：

Mica, mica, parva stella!

Miror quaenamsis, tam bella!

Splendens eminus inillo,

Alba velut gemma caelo.

每行8个音节，轻音节跟重音节互相间隔；句句押韵，两句一换韵。古代梵语诗歌也讲究韵律。著名史诗《摩诃婆罗多》中有一节：

Atha madra dhiporaja
Naradena sama gatah.
Ḍapaviṣṭah sabha madhye
Katha yogana bharata.

梵语诗句每32音节为一颂，通常分为4句，每句8个音节。梵语元音分长短，音节分轻重，长短音和轻重音的交替可以调节诗句的韵律。

近代欧洲的诗歌也是非常讲究韵律的。每一行有多少音节，重读音节和非重读音节如何交替，韵脚的位置如何安排，都有各种规则明确规定，因而形成了各种诗体。比如英国诗人拜伦的诗《She Walks in Beauty》：

She walks in beauty, like the night
Of cloudless climes and starry skies;
And all that’s best of dark and bright
Meet in her aspect and her eyes:
Thus mellowed to that tender light
Which heaven to gaudy day denies.

One shade the more,one ray the less,
Had half impaired the nameless grace
Which waves in every raven tress,
Or softly lightens o’er her face;
Where thoughts serenely sweet express
How pure, how dear their dwelling-place.

And on that cheek, and o'er that brow,
So soft, so calm, yet eloquent,
The smiles that win, the tints that glow,
But tell of days in goodness spent,
A mind at peace with all below,
A heart whose love is innocent!

这首诗每章6行，每行8个音节，分为4个音步，每个音步的第一音节是轻音节，后一音节是重音节（只有第4行第一音步例外）。韵脚是隔行相押，每一章一换韵。再如俄国诗人普希金的诗《Узник》：

Сижу за решёткой в темнице сырой,
Вскормлённый в неволе орёл молодой,
Мой грустный товарищ, махая крылом,
Кровавую пищу клюёт под окном...

Клюёт, и бросает, и смотрит в окно,
Как будто со мною задумал одно;
Зовёт меня взглядом и криком своим
И вымолвить хочет:《Давай，улетим!

Мы вольные птицы；пора брат пора!
Туда，где за тучей белеет гора，
Туда，где синеют морские края，

Туда，где гуляем лишъ ветер… да я！ …》

这首诗共3章，每章4行，句句押韵，每两句一换韵；每一行11个音节，分为4个音步，第一音步两个音节，以后每个音步3个音节，每个音步末一音节为重音。整首诗韵律优美、和谐、严谨，更增加了它的感染力。

我国民族地区的诗歌，也是讲究韵律的。著名的《仓央嘉措情歌》共有六十多首。除了个别几首外，都是每首4句，每句6音节，例如第一首：

shar phyogs ri bai rtse nas
dkar gsal zla ba shar byung
ma skyes a mai zhal ras
yid la ’khor ’khor byas byung

从上面这些例子可以看出，古今中外的诗歌，都是讲究韵律的。这是由诗歌的本质决定的。

西方的自由诗是从19世纪的美国诗人惠特曼（1819—1892）开始的。这种诗不押韵，不讲究句数、行数、音步的整齐，完全是自由意志的挥洒，它和散文的区别，仅仅在于它有诗的意境罢了。中国从五四运动以后也有了自由体的白话诗。但是，白话诗并不都是自由诗。许多白话诗人认为诗歌要发挥其极致作用，还得充分发掘、利用语言的音乐美，讲究韵律。闻一多、冯至、卞之琳、梁宗岱、徐志摩、戴望舒等诗人，都在白话格律诗上取得过很大的成就。鲁迅、郭沫若等人，也未尝彻底否定诗歌的韵律。谢觉哉有诗曰：“有韵能歌兼有意，我曾承教于鲁叟。”谢老原注：“鲁迅曾说过：新诗现尚未能取旧诗地位而代之。原因是：新诗无韵不能唱。鲁迅赞成新诗，但认为一定要有韵有情，能唱易记。”[①]闻一多说：“假定‘游戏本能说’能够充分的解释艺术的起源，我们尽可以拿下棋来比作诗；棋不能废除规矩，诗也就不能废除格律。……格律就是form。试问取消了form，还有没有艺术？……世上只有节奏比较简单的散文，决不能有没有节奏的诗。本来诗一向就没有脱离过格律或节奏。这是没有人怀疑过的天经地义。”[②]

（二）与诗词格律有关的术语

上面已经谈到，诗歌都是有格律的，但是这里主要还是介绍近体诗和词的格律。因为近体诗和词的格律最严，懂得了它，古体诗的格律就好懂了，近人提倡的白话诗的格律也就好懂了。

为了下边叙述的方便，这里先简要介绍以下常常用到的一些术语。

1. 古体诗和近体诗

古体诗与近体诗是一对相对的概念，是唐以后新产生的术语。南朝齐、梁间，沈约、谢朓、王融、周颙等诗人开始讲究声律，指责声病，提倡诗歌格律。一直到唐初，经过初唐四杰（王勃、杨炯、卢照邻、骆宾王）、宋之问、沈佺期、杜审言等许多诗人的创作实践，这种格律逐渐成熟了。人们就把这种在句数、节奏、押韵、对仗、平仄等方面有严格规定的格律诗称为“近体诗”或“今体

---

① 李石涵，《怀安诗社诗选》，陕西人民出版社，1980，85~86页。

② 闻一多，《诗的格律》，《闻一多全集》第三册，生活·读书·新知三联书店，1982，411页。

诗”，而把不符合这种格律的诗称为“古体诗”。近体诗产生以后，诗人们并没有放弃古体诗的形式，他们有时仍然模仿古人创作那种拘束较少的诗。这种仿古的古体诗又称为“古风”。“古体诗”这一术语的内涵较为丰富，既包括汉魏六朝的诗歌，也包括唐朝及以后的古风。乐府是古体诗中的一类。汉代有一个采诗配乐的政府机构“乐府”。乐府所采的诗歌，有民间搜集来的民歌，也有文人所做的歌功颂德的诗歌。这些诗歌都配上乐曲，可以演唱。后来人们把这些诗歌称为乐府。唐朝诗人也有仿照乐府的风格体裁写诗的，所写的也叫乐府。乐府也是古体诗。“古风”这一术语的内涵少一些，不包括唐以前的古体诗。

必须指出，“古体诗”与“今体诗”中的“古”和“今”是站在唐朝人的立场而言的，不是针对现代而言的。有些人不清楚“古典诗歌”和“古体诗”的区别、“今体诗”和“现代诗歌”的区别，常常有一些含混的认识，误认为古代的诗歌就是“古体诗”，现代的诗歌就是“今体诗”。这种误解必须消除。

2. 律诗、长律、绝句

近体诗根据每首句数的不同分为3种体裁：8句一首的称为“律诗”，4句一首的称为“绝句”，10句以上（必须是偶数句）的称为“长律”，或者“排律”。

律诗又分为五言律诗（每句五个字）、七言律诗（每句七个字）。五言律诗如：

观猎 ［唐］王维

风劲角弓鸣，将军猎渭城。

草枯鹰眼疾，雪尽马蹄轻。

忽过新丰市，还归细柳营。
回看射雕处，千里暮云平。

七言律诗如：

登高 ［唐］杜甫

风急天高猿啸哀，渚清沙白鸟飞回。
无边落木萧萧下，不尽长江滚滚来。
万里悲秋常作客，百年多病独登台。
艰难苦恨繁霜鬓，潦倒新停浊酒杯。

长律一般都是五言的，七言长律极其罕见。唐人写长律，韵数往往喜欢取整数，如10韵、20韵、30韵、40韵、50韵、60韵、100韵，或者12韵、24韵、36韵等等（每一韵是两句）。唐代科举以诗赋取士，应试举人要做一首五言长律，规定为6韵（12句）。例如：

省试湘灵鼓瑟 ［唐］钱起

善鼓云和瑟，常闻帝子灵。
冯夷空自舞，楚客不堪听。
苦调凄金石，清音入杳冥。
苍梧来怨慕，白芷动芳馨。
流水传湘浦，悲风过洞庭。
曲终人不见，江上数峰青。

绝句有两类。一类属于古体诗，称为“古绝”；一类属于近体诗，称为“律绝”。五言绝句有的属于古绝，有的属于律绝。七言绝句都是律绝。五言律绝如：

相思 ［唐］王维

红豆生南国，春来发几枝。
愿君多采撷，此物最相思。

七言律绝如：

送孟浩然之广陵 ［唐］李白

故人西辞黄鹤楼，烟花三月下扬州。
孤帆远影碧空尽，惟见长江天际流。

五言古绝如：

鹿柴 ［唐］王维

空山不见人，但闻人语响。
返景入深林，复照青苔上。

3. 押韵、韵脚

押韵，或写作压韵，古代也称为协韵。押韵是语言的音乐美的表现之一。上文已经谈到，中国古典诗歌，除了极个别的例外，都是押韵的。什么叫“押韵”？大家都知道，就是诗句最后都用同一个韵母的字煞尾。比如李白的《静夜思》：“床前明月光，疑是地上霜。举头望明月，低头思故乡。”“光、霜、乡”就是韵脚，它们属于同一个韵。这样理解押韵，自然没有错，但是不够完整和准确。需要补充说明以下4点。

第一，古代诗歌押韵，韵的位置除了在句尾，也可以在句中。比如《汉书 · 霍光传》中引了两句歌谣：“曲突徙薪亡恩泽，焦头烂额为上客。”“泽、额、客”押韵，“额”在句中；《列女传》引古谚谣：“力田不如逢年，力桑不如见国卿，刺绣文不如倚市门。”“田”与“年”押韵，“桑”与“卿”押韵，“文”与“门”押韵，“田、桑、文”都在句中。句中韵也叫“腰韵”（这种格式甚至一直沿用至今：“远亲不如近邻”、“恭敬不如从命”，等等）。汉魏六朝以来，句中韵多见于只有一两句的七言韵文中。 如《后汉书 · 许慎传》“五经无双许叔重”，《颜氏家训 · 勉学》“上车不落则著作，体中何如则秘书”。句尾韵也叫“脚韵”、“韵脚”，是汉语诗歌最普遍的押韵形式。除此以外，在《诗经》、《楚辞》中，还有句末用虚字，倒数第二个字押韵的。比如《诗经 · 召南 · 鹊巢》：“维鹊有巢，维鸠居之；之子于归，百两御之。”《楚辞 · 九章 · 橘颂》：“后皇嘉树，橘徕服兮。受命不迁，生南国兮。”

第二，押韵的字，韵头可以不同，但是韵腹和韵尾（如果有韵尾的话）要相同。如上述李白《静夜思》的韵脚“光、霜、乡”，-uang和-iang韵头不同，韵腹和韵尾相同。

第三，押韵的字，声调也要相同。如上引的律诗、长律、律绝，押韵的字都是平声字；王维的五言古绝《鹿柴》的入韵字“响、上”都是上声字；《汉书 · 霍光传》的“泽、额、客”都是入声字。古代当然也有不同声调的字通押的情况，但是相同声调的字押韵是押韵的常规。

第四，由于古今语音的演变，古代诗歌中本来押韵的字，有的今天读起来元音并不完全相同，如王维《送元二使安西》：“渭城朝雨浥轻尘（chen），客舍青青柳色新（xin）。劝君更尽一杯酒，西出阳关无故人（ren）。”又如上述王维《观猎》的韵脚“鸣（ming）”“城（cheng）”“轻（qing）”“营（ying）”“平（ping）”，分别拿in跟en，ing跟eng押韵。尽管这样押韵在现代也是被认可的，但是须知它们在古代本来元音是相同的。另外有一些字今天绝不可能押韵的，比如上引《列女传》的“桑（sang）”、“卿（qing）”，但是在上古时代它们的韵母都是ang。也有相反的情况，今天读起来韵母一样的“蒸”和“耕”、“东”和“冬”、“寒”和“谈”、“真”和“深”，古代却属于不同的韵部，不能互相押韵。这是我们读古典诗歌时必须留意的。

押韵的本质是利用相同的韵在诗歌中造成周期性的重复，在吟诵者和聆听者听觉上造成一种回环的美感。心理学理论指出，当人们的“期待”得到实现时，内心会产生快感和美感。诗句的第一个入韵字往往给人暗示，使人产生期待。当下一个入韵字按照预期的节奏来到时，这种回环的美感便会油然而生。

4. 对仗

对仗也叫对偶。过去官吏出行有卤簿（仪仗队），都是左右相对的，所以叫对仗。对仗并不只是在诗歌当中才有的。散文中也有。诗文中相邻的两句用一样的字数、一样的句式构成对比，就叫对仗。从先秦开始就有对仗。《周易》“女承筐无实，士刲羊无血”、“日中则昃，月盈则食”、“方以类聚，物以群分”；《诗经》“投我以木桃，报之以琼瑶”、“昔我往矣，杨柳依依。今我来思，雨雪霏霏”；《楚辞》“名余曰正则兮，字余曰灵均”；《老子》“信言不美，美言不信”、“大智若愚，大巧若拙”，等等。到了六朝，文人们刻意地、自觉地运用对仗，而且成了规矩。骈体文中通篇必须用对仗。

比如唐初王勃的《滕王阁序》，全文用了53副对偶共144句，仅4处7个字没有对仗。唐代近体诗的格律也要求对仗。所以五言律诗和七言律诗的格律中就包含了对仗这一内容。对仗体现了对称的美。中国传统的审美趣味，最讲究对称，建筑、车舆、服饰、器具等等，无处不体现对称美。其实，对称是大自然的普遍规律，无论是人体，动物，植物的花、叶，到处都有对称美的实例。物理学家甚至断言对称是物质世界的普遍定律。对仗就是对称在文学中的表现形式。平常的对联就是一种。过去私塾先生课徒，对对子是一项重要内容，无论做诗，还是写八股文，都要用到的。上过一两年私塾的人都懂。对仗的两句，上句叫“出句”，下句叫“对句”。对仗的基本要求是：出句和对句的字数要相等，句子结构要相同，相对位置上的词语词类一致，意义相关。

字数相同是最起码、最基本的。但是光如此是不够的。还必须句子结构相同。比如：“烽火连三月，家书抵万金。”（杜甫）主谓句对主谓句；“大漠孤烟直，长河落日圆。”（王维）主谓谓语句对主谓谓语句；“解使漫天飞白雪，能令大地作黄金。”（施耐庵）兼语句对兼语句；“感时花溅泪，恨别鸟惊心。”（杜甫）使动句对使动句；“忽过新丰市，还归细柳营。”（王维）动宾结构对动宾结构；“绿蚁新醅酒，红泥小火炉。”（白居易）偏正结构对偏正结构，等等。

因为句子结构相同，所以，相对位置上词语的词类也要一致，意义要相关。动词、形容词、名词、数量词、副词，各自相对。对仗中特别强调一些特殊词类的对偶，如数量词、颜色词（“三春白雪归青家，万里黄河绕黑山”（柳中庸））；天文、地理、气象词（“月下飞天镜，云生结海楼”（李白）、“山随平野尽，江入大荒流”（李白））；动植物名词（“香稻啄余鹦鹉粒，碧梧栖老凤凰枝”（杜甫））；人名、地名

（“清新庾开府，俊逸鲍参军”（杜甫）、“昔闻洞庭水，今上岳阳楼”（杜甫））；虚字（“名岂文章著，官应老病休”（杜甫）、“野火烧不尽，春风吹又生”（白居易）），等等。

对仗还特别强调重叠字对重叠字（“漾漾汎菱荇，澄澄映葭苇”（王维）、“无边落木萧萧下，不尽长江滚滚来”（杜甫）、“晴川历历汉阳树，芳草萋萋鹦鹉洲”（崔颢）、“爝火燃回春浩浩，洪炉照破夜沉沉”（于谦）、“鹭影不来秋瑟瑟，苇花伴宿露瀼瀼”（鲁迅））；联绵字对联绵字（“差池不相见，黾俛空仰止”（丘为）、“突兀压神州，峥嵘如鬼工”（岑参）、“惊风乱飐芙蓉水，密雨斜侵薜荔墙”（柳宗元）、“艰难苦恨繁霜鬓，潦倒新停浊酒杯”（杜甫）、“水光潋滟晴方好，山色空蒙雨亦奇”（苏轼）、“梦里依稀慈母泪，城头变幻大王旗”（鲁迅））等等。

5. 四声、平仄

古典诗歌中的“四声”指平声、上声、去声、入声四种声调，而今天普通话中的“四声”指阴平（第一声）、阳平（第二声）、上声（第三声）、去声（第四声）。两者既有区别，又有联系。古四声跟今四声的关系如表1：

表1　古四声跟今四声的关系

<table>
<tr><th colspan="3">古四声</th><th>例　字</th><th>今四声</th></tr>
<tr><td rowspan="2">平声</td><td colspan="2">阴平（清声母字）</td><td>工空东通帮增中冲装方桑商</td><td>阴平</td></tr>
<tr><td colspan="2">阳平（浊声母字）</td><td>群奇同头旁层虫床常房容龙</td><td>阳平</td></tr>
<tr><td rowspan="3">上声</td><td colspan="2">阴上（清声母字）</td><td>孔肯统讨保普主楚暑匪粉饮</td><td rowspan="2">上声</td></tr>
<tr><td rowspan="2">阳上</td><td>（次浊声母字）</td><td>美米尾你馁脑语五老汝演引</td></tr>
<tr><td>（全浊声母字）</td><td>巨近动杜簿伴士在上坐寿道</td><td rowspan="3">去声</td></tr>
<tr><td rowspan="2">去声</td><td colspan="2">阴去（清声母字）</td><td>贡控冻痛背配赞窜散沸扇晏</td></tr>
<tr><td colspan="2">阳去（浊声母字）</td><td>共忌洞重佩稗在贱馔乍谢尚</td></tr>
</table>

续表

入声	阴入（清声母字）		哭秃脱说跌贴揭切摘折吸湿	阴平
			菊福足烛觉节拂哲德则劫答	阳平
			乙笔雪渴脚甲只尺北法铁索	上声
			郁蓄酷肃阔彻各客作错策射	去声
	阳入	（全浊声母字）	独族浊学侄实佛绝别昨集白	阳平
		（次浊声母字）	力腊入肉密灭聂讷物月捏日	去声

从上表可以看出，古代的平声字跟今天的平声字是完全对应的。古代清声母的平声字在今天普通话中读阴平声（第一声），古代浊声母的平声字在今天普通话中读阳平声（第二声）。古代的上声字在普通话中一部分仍然读上声字（第三声），而一部分读作了去声字（第四声）。这部分字在古代都是全浊声母字。古代的去声字在普通话中仍然读作去声字。古代有入声字，现代汉语有的方言（如吴方言、闽方言、粤方言、客家方言等）中还保存入声，普通话中已经没有入声字了。古代的入声字在今天的普通话中读作哪个声调的都有。总的说，阳入声字的变化比较有规律：全浊声母的入声字在普通话中读作阳平声，次浊声母的入声字在普通话中读作去声。而阴入声字（清声母的入声字）的变化则没有规则。一般用三句话来概括从古四声到今四声的演变：平分阴阳，浊上变去，入派四声。

“平仄”是古人对四声的分类。“平”指平声，“仄”包括上声、去声和入声。近体诗的格律要求诗句中平声字和仄声字的出现要符合一定规则，因此，无论写作还是欣赏近体诗，都应当会区别字的平仄。

从表1已经知道，区别平仄，难点在于入声。古代的上声字虽然有一部分变成了去声字，但上声、去声都没有出仄声的范围。而入声字则有一部分变成了平声字，这就混淆了平声、仄声的界限。而且，古入声字的读音到今天变化较大，遇到有入声字的诗句，用普通话读起来，不但平仄不能协调，连押韵也常常会被误解。比如：

昭君墓 ［唐］常建

汉宫岂不死？异域伤独没。
万里驮黄金，蛾眉为枯骨。
回车夜出塞，立马皆不发。
共恨丹青人，坟上哭明月。

这首诗的入韵字没(mò)、骨(gǔ)、发(fā)、月(yuè)，今天读起来不但声调平上去声参差不同，韵母也无一相同。用今天的眼光看甚至谈不上押韵。但是，这四个字在唐代都是入声字，而且按诗韵都属于同一个韵（月韵）。

所以，学习诗词格律，应当下一点功夫去了解入声字。古代汉语的入声字，指的是带有塞音韵尾p、t、k的字。今天广州话的入声字仍然带有这几个韵尾，比如：德[tɐk]育[juk]、法[fat]律[løt]、物[mɐt]色[sek]、立[lap]刻[hɐk]等等。有些方言中入声韵尾都变成[ʔ]，也有的方言中入声的塞音韵尾消失，但具有单独的调值，不跟其他声调相混。如长沙话，入声调值为24，跟其他任何声调都不同。凡是生活在有入声的方言区的人，只要知道了某些字是入声字，经过短时间的诵读体验，就可以举一反三，领会入声是怎么一回事。对于生活在北方方言区的大部分人来说，因为实际语言中已经没有入声，所以理解起来困难一些。但也不是不可克服的。这里有一些简单易行的办法。

第一，普通话中，不送气塞音、塞擦音声母（b-、d-、g-、z-、zh-、j-）的阳平声字，绝大多数是古入声字。比如：

拔跋白薄别伯泊帛博勃答达妲德嫡敌笛狄翟叠碟蝶迭毒独夺铎轧格革隔鸽国馘虢杂凿则责择泽贼闸扎铡翟着折哲辄蛰谪摺辙直职执侄轴妯逐竹烛茁灼酌啄擢镯卓浊足卒族镞昨急及吉极即疾辑籍棘集夹嚼节劫杰结洁睫捷截竭局句菊决觉绝倔掘谲厥攫爵，等等。

第二，从分析形声字的声符入手。凡是入声字，他的谐声符绝大多数是跟入声字或上去声字（主要是去声字）谐声的，比如：

乞（入声）——屹讫纥吃（入声）气忾燺槩鬐（去声）

壳（入声）——穀毂彀觳（入声）彀嗀瞉（去声）

列（入声）——烈裂冽（入声）例栵銐（去声）峛（上声）

朔（入声）——蒴槊（入声）塑溯愬（去声）

盍（入声）——阖溘（入声）磕榼蓋（去声）

翟（入声）——糴擢濯躍（入声）櫂耀（去声）

卓（入声）——绰踔（入声）罩掉悼棹（去声）

莫（入声）——幕漠寞（入声）墓暮慕募（去声）

各（入声）——阁格骼客恪貉络洛烙（入声）路赂辂（去声）

卒（入声）——猝捽踤（入声）醉萃翠粹淬碎（去声）

敝（去声）——鳖瞥擎（入声）幣斃蔽弊（去声）

旦（去声）——疸亶坦袒（上声）但（去声）怛妲靼（入声）

兑（去声）——锐税蜕（去声）说脱悦阅（入声）

内（去声）——芮笍枘（去声）纳讷抐（入声）

凡是以鼻音n或ng结尾的字，都不可能是入声字。

当然，规律都可能有例外。要确定某个字的声调，最好勤查工具书。经过一段时间的积累，就可以知道常用的入声字有哪些了。本书正文后边附有诗韵常用字表，读者可以利用其中的入声字表熟悉入声字。

第1章

回环美——近体诗的押韵

清·戴天瑞　秋山落照图

（一）近体诗押韵的原则

近体诗的押韵有四条原则：用脚韵、偶句押韵、押平声韵、一韵到底不换韵。下面分别予以解释。

1. 用脚韵

在近体诗产生之前，中国古代诗歌押韵的方式是多种多样的。汉魏以来，脚韵逐渐成为押韵的最普遍的形式。近体诗用脚韵，既是时代风气影响的产物，也是近体诗内在因素互相作用的结果。初期的近体诗主要是五言诗，用句中韵势必导致韵太密。而且，近体诗（长篇排律除外）篇幅短小，诗人们惜墨如金，不大可能像《诗经》《楚辞》那样在句末用一个虚字而在倒数第二字上押韵。近体诗的节奏也不允许那样做。所以句尾韵即脚韵是五言诗最合适的押韵方式。

2. 偶句押韵

汉魏以下，五言诗押韵的习惯是在偶句的句末押韵。而早期七言诗则句句押韵。究其原因，五言诗每10个音节有一次韵的回环，而七言诗若两句一押韵则须14音节才有一次韵的回环，韵脚太稀疏了，所以七言诗句句押韵，每7个音节有一次韵的回环。近体诗的格律继承了五言诗的押韵习惯，偶句押韵。另一方面，由于平仄和对仗的要求（下文还要详谈），奇句的末一字须用仄声，这样不但五言诗奇句不能入韵，连七言诗的奇句也不可能入韵了。因此，近体诗不论五言、七言，都是偶句押韵，也就是说，绝句的第二、第四句，律诗的第二、四、六、八句，必须押韵，长律依此类推。而奇句（除首句外）则一定不押韵。至于首句，可以押韵，也可以不押韵。首句不入韵的例如以下几首：

宿建德江　［唐］孟浩然

移舟泊烟渚，日暮客愁新。
野旷天低树，江清月近人。

黄鹤楼　［唐］崔颢

昔人已乘黄鹤去，此地空余黄鹤楼。
黄鹤一去不复返，白云千载空悠悠。
晴川历历汉阳树，芳草萋萋鹦鹉洲。
日暮乡关何处是？烟波江上使人愁。

首句入韵的如：

送杜少府之任蜀州　［唐］王勃

城阙辅三秦，风烟望五津。
与君离别意，同是宦游人。
海内存知己，天涯若比邻。
无为在歧路，儿女共沾巾。

芙蓉楼送辛渐　［唐］王昌龄

寒雨连江夜入吴，平明送客楚山孤。
洛阳亲友如相问，一片冰心在玉壶。

大体上五言近体诗以首句不入韵为常，七言近体诗则以首句入韵为常。从音理和心理上分析，五言两句10个字，首句不入韵，每10个字有一个声音重复，形成一次回环，这是比较适中的频率。七个字一回环，有一个声音的重复，也是可以接受的。所以七言诗有句句押韵的。五个字一回环，重复频度太高，所以五言诗没有句句押韵的。而七言两句14字，如果首句不押韵，则要到第14个字才进入回环，无法给人留下深刻印象。所以七言近体诗首句多数入韵，开头两句连续押韵，是一种强调，以使读者在大脑皮层上留下“韵”的深刻印象。而五言诗就不太必要了。所以五言近体诗多数首句不入韵。

习惯上以一首绝句为2韵，律诗为4韵，首句即使入韵，也不算在韵数之内。长律常常以韵数来标明篇幅的长短，比如50韵的五言长律就是100句，500字。

3. 押平声韵

近体诗押韵以平声为正则。今天见到的唐宋人的近体诗，绝大多数是押平声韵的，押仄声韵的非常罕见。律诗押仄声韵的比绝句更罕见。绝句中，七言绝句全部押平声韵，只有部分五言绝句押仄声韵。因为七言绝句产生得晚，一产生就在近体诗的氛围之下，所以都用平声押韵。而五言四句的诗体在唐朝之前就有了，所以有的还保留押仄声韵的习惯。押仄声韵的律诗和绝句，看起来很像古风。但是要鉴别究竟是不是近体诗，还要看平仄格式是否符合近体诗的要求（详见下文）。上文举出的近体诗的例子都是押平声韵的，下面几首诗，是押仄声韵的近体诗的例子：

江雪 ［唐］柳宗元

千山鸟飞绝，万径人踪灭。

孤舟蓑笠翁，独钓寒江雪。

浮石濑　［唐］刘长卿

秋月照潇湘，月明闻荡桨。
石横晚濑急，水落寒沙广。
众岭猿啸重，空江人语响。
清晖朝复暮，如待扁舟赏。

4. 一韵到底

古体诗不限制换韵。一首诗可以只用一个韵中的字来押韵，也可以中途换韵，甚至可以多次换韵。但近体诗的押韵不允许换韵，必须通篇用同一个韵的字来押韵。绝句只有2韵，谈不上换韵，律诗有4个入韵字，第6句也不可以换韵。如：

滕王阁诗　［唐］王勃

滕王高阁临江渚，佩玉鸣鸾罢歌舞。
画栋朝飞南浦云，珠帘暮卷西山雨。
闲云潭影日悠悠，物换星移几度秋。
阁中帝子今何在？槛外长江空自流。

此诗中途换韵了，所以不属于律诗，只能算古体诗。长律的句数多于律诗，但是没有上限，也就是说，从10句起，最长有到200多句（100多韵）的。但不管押多少个韵，都必须用同一个韵部的字，不能换韵。换了韵，就不叫近体诗了。比如白居易的长律《代书诗一百韵寄微之》，100个入韵字全部都是“支韵”字，无一例外。

（二）近体诗押韵的标准

诗歌押韵是语言的音乐美的表现之一。语言音乐美要通过人们的吟咏或歌唱才能体现出来。六朝以前，还没有韵书，诗人作诗、读者吟赏时，韵律是否优美、韵脚是否和谐都是以自己对汉语音韵的直感为标准的。诗人的音韵感敏锐，对诗韵把握得好，他的诗押韵就能和谐，自然有口皆碑，流传广泛；相反，押韵不和谐，拗口难念，就会很快被遗忘。所以流传至今的好诗，押韵都是很和谐的。甚至于研究语言学的人要拿古代诗歌押韵的材料来考察那个时代的语言系统。六朝以后，汉语音韵学逐渐发展起来，产生了可以规范诗歌押韵的韵书，例如西晋吕静的《韵集》、北周阳休之的《韵略》、南朝齐周颙的《四声切韵》、南朝梁沈约的《四声谱》等等。隋朝陆法言在前代韵书的基础上，依据汉语中原共同语的语音编成了一本韵书《切韵》。《切韵》成书以后，影响巨大，很快成为诗人们押韵的圭臬，读书人几乎人手一本。《切韵》经过许多学者的修订增补，到唐朝成为官韵，成为科举取士的依据。到宋朝又修订为《广韵》。《切韵》、《广韵》分韵细密。《切韵》分193韵；《广韵》分206韵。有些韵互相差别不大，有些韵只有几个字，押韵不便。唐朝初年朝廷规定某些韵可以和跟它相近的韵“同用”。这些“同用”的规定一直沿用到宋朝。《广韵》一书明确记载了这些规定。到南宋和金朝，有的韵书干脆把可以同用的韵都合并起来，编成了107韵或106韵的韵书。前者如南宋刘渊的《壬子新刊礼部韵略》；后者如金人王文郁的《平水新刊礼部韵略》。后来，人们把106韵的韵书称为“平水韵”，也叫“诗韵”。平水韵虽然是宋金时人搞的，其实它反映了唐朝以来近体诗押韵的实际情况。就是宋金以后，写近体诗的人，大体上也仍然按照平水韵押韵。因此，今天赏析近体诗，可以把平水韵作为近体诗押韵的标准。

平水韵的106韵中，有平声30韵（上平声15韵，下平声15韵①），上声29韵，去声30韵，入声17韵。

上平声：一东，二冬，三江，四支，五微，六鱼，七虞，八齐，九佳，十灰，十一真，十二文，十三元，十四寒，十五删。

下平声：一先，二萧，三肴，四豪，五歌，六麻，七阳，八庚，九青，十蒸，十一尤，十二侵，十三覃，十四盐，十五咸。

上声：一董，二肿，三讲，四纸，五尾，六语，七麌，八荠，九蟹，十贿，十一轸，十二吻，十三阮，十四旱，十五潸，十六铣，十七篠，十八巧，十九皓，二十哿，二十一马，二十二养，二十三梗，二十四迥，二十五有，二十六寝，二十七感，二十八俭，二十九豏。

去声：一送，二宋，三绛，四寘，五未，六御，七遇，八霁，九泰，十卦，十一队，十二震，十三问，十四愿，十五翰，十六谏，十七霰，十八啸，十九效，二十号，二十一箇，二十二祃，二十三漾，二十四敬，二十五径，二十六宥，二十七沁，二十八勘，二十九艳，三十陷。

入声：一屋，二沃，三觉，四质，五物，六月，七曷，八黠，九屑，十药，十一陌，十二锡，十三职，十四缉，十五合，十六叶，十七洽。

近体诗押平声韵，所以现在集中讨论上平声15韵和下平声15韵。

---

① 上平声和下平声不是不同的声调。因为平声字多，《切韵》、《广韵》都把平声字分成上下两卷，“上平声”就是“平声上卷”，“下平声”就是“平声下卷”。不要把上平声和下平声误解为阴平声和阳平声。

一东、二冬……，数目字是顺序，“东、冬”等字叫作“韵目”，就是每一个韵的代表字。韵书中，在每个韵目下，列出了所有可以跟它押韵的字。比如一东韵，有“东通同铜桐童中忠终冲充虫崇匆嵩戎融工宫空红鸿穷穹雄熊风枫丰蓬篷朦胧笼聋”等字。有些韵字多，称为“宽韵”，做起诗来选择余地大；有些韵字少，称为“窄韵”；还有些韵字更少，称为“险韵”。平水韵的30个平声韵中，“东支虞真先阳庚尤”8韵属于宽韵；“微文删青蒸覃盐”7韵属于窄韵；“江佳肴咸”4韵属于险韵。其余11个韵，介于宽韵和窄韵之间，对于律诗和绝句来说，选择韵字绰绰有余，而对于长篇排律来说，有时难免捉襟见肘。至于用窄韵和险韵做诗，弄不好就会“出韵”。出韵就是用了邻韵字来押韵。出韵是近体诗的大忌。科举考试时，出了韵，便肯定落榜，所以诗家无论如何都要设法避免出韵。而有些人则故意用窄韵或险韵做诗，以显示自己的才能。

今天看来，这30个韵中，有些韵好像是一样的，如上平声一东和二冬，六鱼和七虞，十三元、十四寒和十五删，下平声二萧、三肴和四豪，八庚、九青和十蒸，一先、十四盐和十五咸，还有上平声的三江和下平声的七阳，上平声的十一真和下平声的十二侵。但是在近体诗中，它们是不同的韵，不能混用的。如：

江南春 ［唐］杜牧

千里莺啼绿映红，水村山郭酒旗风。

南朝四百八十寺，多少楼台烟雨中。

（红风中，一东韵）

清平调　［唐］李白

云想衣裳花想容，春风拂槛露华浓。
若非群玉山头见，会向瑶台月下逢。

（容浓逢，二冬韵）

登兖州城楼　［唐］杜甫

东郡趋庭日，南楼纵目初。
浮云连海岱，平野入青徐。
孤嶂秦碑在，荒城鲁殿馀。
从来多古意，临眺独踌躇。

（初徐馀躇，六鱼韵）

初春小雨　［唐］韩愈

天街小雨润如酥，草色遥看近却无。
最是一年春好处，绝胜烟柳满皇都。

（酥无都，七虞韵）

咏怀古迹（五首之三）［唐］杜甫

群山万壑赴荆门，生长明妃尚有村。
一去紫台连朔漠，独留青冢向黄昏。
画图省识春风面，环珮空归月夜魂。
千载琵琶作胡语，分明怨恨曲中论。

（门村昏魂论，十三元韵）

终南望余雪 ［唐］祖咏

终南阴岭秀，积雪浮云端。

林表明霁色，城中增暮寒。

（端寒，十四寒韵）

登山 ［唐］李涉

终日昏昏醉梦间，忽闻春尽强登山。

因过竹院逢僧话，又得浮生半日闲。

（间山闲，十五删韵）

寄扬州韩绰判官 ［唐］杜牧

青山隐隐水迢迢，秋尽江南草未凋。

二十四桥明月夜，玉人何处教吹箫。

（迢凋箫，二萧韵）

堂成 ［唐］杜甫

背郭堂成荫白茅，缘江路熟俯青郊。

桤林碍日吟风叶，笼竹和烟滴露梢。

暂止飞乌将数子，频来语燕定新巢。

旁人错比扬雄宅，懒惰无心作《解嘲》。

（茅郊梢巢嘲，三肴韵）

塞下曲 ［唐］卢纶

月黑雁飞高，单于夜遁逃。

欲将轻骑逐，大雪满弓刀。

（高逃刀，四豪韵）

滁州西涧　［唐］韦应物

独怜幽草涧边生，上有黄鹂深树鸣。
春潮带雨晚来急，野渡无人舟自横。

（生鸣横，八庚韵）

秋夕　［唐］杜牧

银烛秋光冷画屏，轻罗小扇扑流萤。
天街夜色凉如水，坐看牵牛织女星。

（屏萤星，九青韵）

将赴吴兴登乐游原　［唐］杜牧

清时有味是无能，闲爱孤云静爱僧。
欲把一麾江海去，乐游原上望昭陵。

（能僧陵，十蒸韵）

枫桥夜泊　［唐］张继

月落乌啼霜满天，江枫渔火对愁眠。
姑苏城外寒山寺，夜半钟声到客船。

（天眠船，一先韵）

送王校书　［唐］韦应物

同宿高斋换时节，共看移石复栽杉。
送君江浦已惆怅，更上西楼看远帆。

（杉帆，十五咸韵）

进艇 ［唐］杜甫

南京久客耕南亩，北望伤神坐北窗。

昼引老妻乘小艇，晴看稚子浴清江。

俱飞蛱蝶元相逐，并蒂芙蓉本自双。

茗饮蔗浆携所有，瓷罂无谢玉为缸。

（窗江双缸，三江韵）

静夜思 ［唐］李白

床前明月光，疑是地上霜。

举头望明月，低头思故乡。

（光霜乡，七阳韵）

渭城曲 ［唐］王维

渭城朝雨浥轻尘，客舍青青柳色新。

劝君更尽一杯酒，西出阳关无故人。

（尘新人，十一真韵）

嫦娥 ［唐］李商隐

云母屏风烛影深，长河渐落晓星沉。

嫦娥应悔偷灵药，碧海青天夜夜心。

（深沉心，十二侵韵）

近体诗是不能换韵的，但是有些近体诗今天读来好像换了韵，比如：

寻南溪常道士　［唐］刘长卿

一路经行处，莓苔见屐痕。
白云依静渚，芳草闭闲门。
过雨看松色，随山到水源。
溪花与禅意，相对亦忘言。

按今天的读音，好像从en韵换了an韵。其实，在平水韵中，这不是换韵，“痕门源言”都是十三元韵字。再如：

九日登望仙台呈刘明府　［唐］崔曙

汉文皇帝有高台，此日登临曙色开。
三晋云山皆北向，二陵风雨自东来。
关门令尹谁能识，河上仙翁去不回。
且欲近寻彭泽宰，陶然共醉菊花杯。

按今天的读音，好像从ai韵换了ei韵。其实，在平水韵中，“台开来回杯”都是十灰韵字。

上平声的十一真和下平声的十二侵，上平声的十四寒、十五删、下平声一先和下平声的十三覃、十四盐、十五咸的区别，是韵尾n和m的不同。真、寒、删、先的韵尾是n，侵、覃、咸、盐的韵尾是m。这一区别，在现代广州话中还保存着，普通话中是没有m韵尾的，所以无法区别这两类韵。近体诗中这两类韵区别甚严，不容混淆。唐代胡曾有诗《戏妻族语不正》云：“呼十[ʑiəp]却为石[ʑiɛk]，唤针[tɕiəm]将做真[tɕiĕn]。忽然云雨至，总道是天因[ʔiĕn]（阴[ʔiəm]）。”这说明，唐代有些方言韵尾辅音不能分清n和m（以及p和

k），是要受到嘲笑的。

（三）关于首句押韵的问题

上文已经谈到，近体诗的首句可以押韵，也可以不押韵。首句如果入韵，则末字必须用平声字，跟偶句的末字声调保持一致。首句如果不押韵，则末字必须用仄声字，跟偶句末字声调相对。首句押韵问题是近体诗严格的格律中一个小小的自由空间。

中晚唐以后，诗人们在这自由空间中又走出了新的一步，近体诗在首句押韵的问题上有了一个新的现象，即首句借用邻韵字来押韵。上文已经强调，近体诗偶句押韵决不可以出韵，即使读音接近的邻韵也不能混押。而首句，既然在押不押韵问题上有一定的自由，即使押了韵也不算在韵数之内，那么，借用邻韵字押韵，也就可以理解了。到宋朝，七言律诗首句借用邻韵的情况更加普遍，几乎成为风气了。七言绝句的首句借用邻韵的情况也如此。比如：

伤春 ［宋］杨万里

准拟今春乐事浓，依然枉却一东风。

年年不带看花眼，不是愁中即病中。

（风中，一东韵；浓，二冬韵）

即景 ［宋］朱淑真

竹摇清影罩幽窗，两两时禽噪夕阳。

谢却海棠飞尽絮，困人天气日初长。

（阳长，七阳韵；窗，三江韵）

郊行即事　［宋］程颢

芳原绿野恣行时，春入遥山碧四围。
兴逐乱红穿柳巷，困临流水坐苔矶。
莫辞盏酒十分劝，只恐风花一片飞。
况是清明好天气，不妨游衍莫忘归。

（围矶飞归，五微韵；时，四支韵）

元日　［宋］王安石

爆竹声中一岁除，春风送暖入屠苏。
千门万户曈曈日，总把新桃换旧符。

（苏符，七虞韵；除，六鱼韵）

春近　［宋］黄庭坚

小雪晴沙不作泥，疎帘红日弄朝晖。
年华已伴梅梢晚，春色先从草际归。

（晖归，五微韵；泥，八齐韵）

内直晨出便赴奉慈斋宫马上口占　［宋］欧阳修

凌晨更直九门开，驱马悠悠望禁街。
霜后楼台明晓日，天寒烟雾著宫槐。
山林未去犹贪宠，樽酒何时共放怀？
已觉萧条悲晚岁，更怜衰病怯清斋。

（街槐怀斋，九佳韵；开，十灰韵）

寄友 ［元］徐秋云

忆别钱唐第几春，舜江春水落如云。
小楼吟倚孤山月，只有梅花可寄君。

（云君，十二文韵；春，十一真韵）

山园小梅 ［宋］林逋

众芳摇落独暄妍，占尽风情向小园。
疏影横斜水清浅，暗香浮动月黄昏。
霜禽欲下先偷眼，粉蝶如知合断魂。
幸有微吟可相狎，不须檀板共金尊。

（园昏魂尊，十三元韵；妍，一先韵）

雪后晚晴 ［宋］杨万里

只知逐胜忽忘寒，小立春风夕照间。
最爱东山晴后雪，软红光里涌银山。

（间山，十五删韵；寒，十四寒韵）

望湖楼醉书 ［宋］苏轼

黑云翻墨未遮山，白雨跳珠乱入船。
卷地风来忽吹散，望湖楼下水如天。

（船天，一先韵；山，十五删韵）

偕陈调翁龙山买舟待夜潮发 ［宋］苏过

来逢春雨长鱼苗，去见秋风擘蟹螯。
久矣归心到乡国，依然水宿伴渔舠。

一天如许皆明月，二客所须惟浊醪。
今夜四更潮有信，更须留眼看银涛。

（鳌舠醪涛，四豪韵；苗，二萧韵）

和孔密州东栏梨花　［宋］苏轼

梨花淡白柳深青，柳絮飞时花满城。
惆怅东栏一株雪，人生看得几清明？

（城明，八庚韵；青，九青韵）

中秋　［宋］李朴

皓魄当空宝镜升，云间仙籁寂无声。
平分秋色一轮满，长伴云衢千里明。
狡兔空从弦外落，妖蟆休向眼前生。
灵槎拟约同携手，更待银河彻底清。

（声明生清，八庚韵；升，十蒸韵）

别张自强　［宋］王铚

燕子低飞入坏檐，柳条轻拂绿毵毵。
故园更在北山北，佳节可怜三月三。
万古愁多凭浊酒，九京事往落清谈。
都门别恨终难写，满眼风光思不堪。

（毵三谈堪，十三覃韵；檐，十四盐韵）

垂虹亭　［宋］米芾

断云一叶洞庭帆，玉破鲈鱼霜破柑。

好作新诗寄桑苎，垂虹秋色满东南。

（柑南，十三覃韵；帆，十五咸韵）

从上面所引的诗可以看出，所谓邻韵，从韵书上的次第看，大体上是前后相随的韵；从读音看，都是很接近的。总起来说，可作为邻韵的韵大体上分为9类：

元韵既跟文韵近，又跟先韵近，游移于5、6两类之间。

①东、冬；　②支、微、齐；　③鱼、虞；

④佳、灰；　⑤真、文；　⑥寒、删、先；

⑦萧、肴、豪；　⑧庚、青、蒸；　⑨覃、盐、咸。

（四）限韵、分韵、和韵

古代科举考试命题赋诗，同时规定押某个韵，这就是“限韵”。宫廷官场中权势者也常常命题限韵，让文臣做诗。文人集会，也往往限韵做诗。限韵有两种，一种是只限用某韵，而不限用哪些字；另一种是把整首诗的韵脚都规定好。比如《红楼梦》第48回，香菱要学做诗，央黛玉探春二人：“出个题目，让我诌去；诌了来，替我改正。”黛玉道：“昨夜的月最好，我正要诌一首，未诌成。你就做一首来。‘十四寒’的韵，由你爱用那几个字去。”这是限韵不限字的例子。又第37回，大观园诸人结社赋白海棠诗，推迎春限韵。迎春道：“这么着，我就限韵了。”说着，走到书架前，抽出一本诗来，随手一揭，这首诗竟是一首七言律，递与众人看了，都该做七言律。迎春掩了诗，又向一个小丫头道：“你随口说个字来。”那丫头正倚门站着，便说了个“门”字，迎春笑道：“就是‘门’字韵，‘十三元’了。起头一个韵定要‘门’字。”说着又要了韵牌匣子过来，抽出“十三元”一屉，又命那丫头随手拿四块。那丫头便拿了“盆”“魂”“痕”“昏”

四块来。结果诸人做的《白海棠》诗都用“门盆魂痕昏”五个字押韵。这是限韵又限字的例子。

分韵，是众人做诗时，举出一个现成的句子或词语来，每个人拈取其中的一个字，来为自己要做的诗限韵。这种情况下做的诗，题目常常叫作“赋得某某”或“得某字”。比如《红楼梦》第48回，宝玉从栊翠庵讨来红梅花，诸人做诗，李纨道：“就用‘红梅花’三个字做韵，每人一首七言律：邢大妹妹做‘红’字，你们李大妹妹做‘梅’字，琴儿做‘花’字。”下文叙述邢岫烟、李纹、薛宝琴做的三首七律，题目都是《赋得红梅花》，邢诗押一东韵，首句“红”字入韵；李诗押十灰韵，首句“梅”字入韵；薛诗押六麻韵，首句“花”字入韵。

和韵，是诗人唱和时用别人原诗用过的韵来押韵。早期的和诗不一定与原诗同韵。如唐代贾至七言律诗《早朝大明宫》押七阳韵，杜甫、王维和岑参都有和诗，但都未和韵。杜甫的和诗押四豪韵，王维的和诗押十一尤韵，岑参的和诗押十四寒韵（均见《千家诗》）。如果和诗与原作同韵，就叫“和韵”。但和韵诗不一定用原作已经用过的入韵字。宋代以后，和韵诗多数依照原诗的韵脚来押韵，一个字也不改变，连次序也原封不动。这种和韵也叫“次韵”、“趁韵”、“步韵”或“依韵”，实际上就是拿原诗的韵脚来限韵。后代诗人也常常拿古代名人名作的原韵来做诗，这叫“用韵”或“用原韵”。自己做了诗，然后再用原韵接着做一首或若干首，这叫“叠韵”或“叠前韵”。比如：

延水雅集·赋呈与会诸君子　林伯渠

（卅年九月五日，约在延耆老作延水雅集，即日成立“怀安诗社”，赋呈与会诸君）

十年挟策费调停，待整金瓯拱宿星。
抗敌计无分畛域，匡时论共契兰馨。
边城重寄期安堵，盛会嘉宾喜满庭。
四野风多秋气健，及时樽酒慰遐龄。

敬和林老延水雅集原韵　贺连城

极目中原战未停，连天烽火几霜星。
残山剩水留边塞，戡乱扶危仰大龄。
廉蔺交欢存赵国，六邦无计抗秦庭。
欣看此日群贤会，博得英名万古馨。

此诗用了原作的五个入韵字，但次序稍有改变。又如：

次林老诗韵奉酬木庵老见示之作　谢觉哉

战侣三停剩一停，河山破碎鬓星星。
长风揽辔心犹壮，净土埋忠骨亦馨。
菱镜十年惊改影，莱衣万里效趋庭。
乡愁国恨心头积，拟向灵修乞永龄。

此诗完全按照原作韵脚押韵，连次序也不变。又如：

感事八首用杜《秋兴》韵（选一）　朱德

十月战景

战事从来似弈棋，举棋若定自无悲。
人民解放成新主，封建灭亡异昔时。
北地早成磐石固，南征犹怨义旗迟。
秋风送雁归传语，共除蒋顽莫再思。

这首诗用了杜甫《秋兴八首》第四首的原韵。杜甫原诗云：

闻道长安似弈棋，百年世事不胜悲。
王侯第宅皆新主，文武衣冠异昔时。
直北关山金鼓振，征西车马羽书迟。
鱼龙寂寞秋江冷，故国平居有所思。

朱德的和诗一扫原作感伤哀婉之气，将人民军队统帅胜券在握、指挥若定的浩然气概抒发无余。这是用古人原韵而推陈出新的典范。叠韵诗如：

答林老　谢觉哉

反清反袁到反蒋，须发刻上革命程。
谔谔节如孔北海，休休度似杜南征。
绝无成见心神健，偶尔雄谈议座惊。
半载巴渝忧乐甚，有人重盼使星临。

（五）对近体诗押韵问题的讨论

近体诗的押韵如此严格，可是今天读某些诗，常常会觉得韵脚并不和谐。比如：

遣兴 ［唐］杜甫

檐影微微落，津流脉脉斜。

野船明细火，宿雁聚圆沙。

云掩初弦月，香传小树花。

邻人有美酒，稚子夜能赊。

“斜沙花赊”都是下平声六麻韵的字，但是今天读起来只有沙（sha）、花（hua）有相同的元音，斜（xie）、赊（she）的元音根本不同，读着就不觉得和谐。再如：

登乐游原 ［唐］李商隐

向晚意不适，驱车登古原。

夕阳无限好，只是近黄昏。

“原昏”都是十三元韵字，但今天读来原（yuan）和昏（hun）好像没有押韵似的。

造成这种情况的原因有两条。第一，近体诗押韵的规则是唐朝时形成的，这些规则是根据唐代语音的实际情况确定的。经过一千多年的发展，汉语语音有了变化，有些韵发生了分化，比如下平声六麻，原来包括有a、ia、ua三个韵母，但是都有a元音，押韵是很和谐的。近代以来，六麻韵的字，因为受不同等第、不同声母和不同韵头的影响，朝不同方向发生音变。大体上说，麻韵二等字今天还保持a、ia、ua的读音，三等的章组字，变成e韵母，三等的精组字和以母字，变成ie韵母，元音分化剧烈，音值相距较大，所以今天读起来不和谐了。第二，唐朝为科举考试规定的“同用”条例，有一些不尽合理。比如《切韵》上平声第二十一元韵、第二十二魂韵、第二十三痕韵，被指定可以“同用”（后来“平水韵”合成上平声十三元韵）。据现代学者研究，《切韵》的元韵音值是[iɐn/iuɐn]，魂韵音值是[on]，痕韵音值是[ən][①]，虽然比较接近，但还不是完全一样。到后来，“十三元”韵中这些不同来源的字读音差别越来越大，但朝廷功令却不能因时而变，因此近体诗的押韵，越到后来，越脱离语言的实际，渐渐地背离了押韵的初衷——诗歌的读者不能在诗歌中周期性地听到同一个声音，不能体会到诗歌语言的回环美。这也给诗歌作者带来苦恼，硬要用不和谐的字去“押韵”。明清时士人咒骂道：“该死十三元!”

对于把平水韵作为近体诗押韵准则，后来的诗人们有两种不同的态度。一些保守的人墨守成规，不敢越雷池一步，一直谨守着越来越脱离语言实际的韵书，另一些人则主张按照变化了的实际语言来押韵。《佛祖道影》中记载了一个有趣的故事：

在清初有个弘忍和尚，前去金粟参见圆悟和尚时，呈偈曰：“不将一法与诸人，正是婆心海样深。曾忆香岩击竹后，焚香遥礼谢师恩。”悟指曰：“人、深、恩，恐不同韵。”弘忍曰：“和尚莫被这个字换却眼睛。”悟微笑。[②]

这个故事告诉我们，清初已经有人对平水韵之类的“官韵”的合理性提出了挑战。按平水韵，“人”属上平声十一真韵，“恩”属十三

---

① 邵荣芬,《切韵研究》，中国社会科学出版社，1982，149~152页。

② 转引自赵荫棠的《等韵源流》，商务印书馆，1957，294页。

元韵，“深”属下平声十二侵韵，本来是根本不能通押的。圆悟根据韵书说它们“不同韵”，而弘忍却理直气壮地把它们押到了一起。

20世纪以来，不断有学者主张诗韵改革。1922年，赵元任依据《国音字典》编著了《国音新诗韵》；1937年，张洵如编著《北京音系十三辙》；1941年，黎锦熙、白涤州编著《国音分韵常用字表》，一名《佩文新韵》，不久又修订改名为《中华新韵》。当然，这些韵书不仅是，或者说主要不是为旧体诗而作的。那么，旧体诗的押韵要不要改革？20世纪40年代初，在抗日根据地延安成立了一个由林伯渠、谢觉哉等诗人兼革命家组成的“怀安诗社”。怀安诗社用“旧瓶装新酒”，创作了大量的旧体诗，用以作为时代的号角，作为革命的投枪，发扬民族正气，鼓舞民心士气。与此同时，怀安诗社身体力行地进行了旧诗韵的改革。怀安诗社社长、《怀安诗刊》主编李木庵说：“音韵原是构成诗歌的要素之一，悦人心耳，与音乐同其效果。假使诗歌中用着与时音不相谐协的音韵，纵然合乎古韵，也不能引起时人在听觉上的美感。音韵本是天籁，要出于自然，才能音调响亮，节奏和谐，达到悠然会心的境地。古代字音，既然多有演变，若是拘泥于古韵，那就违反了时代精神，更与广大人民群众的艺术欣赏隔膜了。因此，旧诗韵的改革，新诗韵的创立，真是当今诗界的当务之急。”[①]这一主张理论上完全正确，实践上也是切实可行的。在延安的那些革命家兼诗人，几乎都实践了这一主张。毛泽东、朱德、林伯渠、谢觉哉、叶剑英等人的旧体诗的押韵，就突破了平水韵的局限。比如：

---

① 李石涵，《怀安诗社诗选》，陕西人民出版社，1980，284页。

长征　毛泽东

红军不怕远征难，万水千山只等闲。

五岭逶迤腾细浪，乌蒙磅礴走泥丸。

金沙水拍云崖暖，大渡桥横铁索寒。

更喜岷山千里雪，三军过后尽开颜。

（难丸寒，十四寒韵；闲颜，十五删韵）

太行春感　朱德

远望春光镇日阴，太行高耸气森森。

忠肝不洒中原泪，壮志坚持北伐心。

百战新师惊贼胆，三年苦斗献吾身。

从来燕赵多豪杰，驱逐倭儿共一樽。

（阴森心，下平声十二侵韵；身，上平声十一真韵；樽，十三元韵）

太乐区夕眺　林伯渠

原如五指向南伸，长护边陲靖寇氛。

古驿斜阳夕照里，经冬翠柏尚森森。

（伸，十一真韵；氛，十二文韵；森，下平声十二侵韵）

南泥湾　谢觉哉

野树密藏雉，荒溪清不鱼。

黍粱蔬果稻，高下绿齐铺。

水远逶迤溉，苗疏次第锄。

饱余无所事，陇畔立斯须。

（鱼锄，六鱼韵；铺须，七虞韵）

重游延安 叶剑英

一别延安十二年，延安已改旧时颜。
王家坪上杨家岭，鸿爪从头细细看。

（年，下平声一先韵；颜，上平声十五删韵；看，十四寒韵）

鲁迅的旧体诗也有这种情况，比如《无题》：

惯于长夜过春时，挈妇将雏鬓有丝。
梦里依稀慈母泪，城头变幻大王旗。
忍看朋辈成新鬼，怒向刀丛觅小诗。
吟罢低眉无写处，月光如水照缁衣。

（时丝旗诗，四支韵；衣，五微韵）

从押韵的初衷说，只要实际语言中确实同韵的字，在诗句中能够形成周期性的语音重复，在读者的听觉中形成回环的美，就应该允许用来押韵。死抱住平水韵不放，对新诗韵冷嘲热讽，是不正确的态度。另一方面，因为平水韵已经过时就拒绝对平水韵有所了解，也是不正确的态度。毕竟近体诗形成以来最大多数的诗篇押韵是以它为规范的。不了解平水韵，就无法了解近体诗的押韵。

第2章

对称美——近体诗的对仗

明·周臣　松泉诗思图

对仗体现了近体诗的对称美。对仗并非在近体诗中才有的，但是近体诗在对仗这一方面的讲究和技巧，除了一般的规则以外，还有特殊的规定，研究近体诗格律不能不对此尤其注意。

（一）对仗在近体诗中的位置

先来看律诗。律诗8句，每两句构成一联，一共四联。第一联称为“首联”；第二联称为“颔联”，或称为“次联”；第三联称为“颈联”，或称为“腹联”，或称为“中联”；第四联称为“尾联”，或称为“末联”。每一联的前一句称为“出句”，后一句称为“对句”。律诗的颔联和颈联通常必须对仗，而首联和尾联一般是不须对仗的。比如：

渡荆门送别 ［唐］李白

渡远荆门外，来从楚国游。
山随平野尽，江入大荒流。
月下飞天镜，云生结海楼。
仍怜故乡水，万里送行舟。

无题 ［唐］李商隐

锦瑟无端五十弦，一弦一柱思华年。
庄生晓梦迷蝴蝶，望帝春心托杜鹃。
沧海月明珠有泪，蓝田日暖玉生烟。
此情可待成追忆，只是当时已惘然。

可以说，律诗的第二、三联即颔联、颈联要对仗，这是律诗的常规。

但是，律诗的对仗常常有不符合常规的情况。有些律诗只有一联对仗，有些律诗有三联对仗甚至四联对仗。下面分别叙述这些情况。

1. 只有一联对仗

律诗如果只有一联对仗，那么，对仗的总是颈联，颔联不对仗。这种情况多见于五言律诗中，在盛唐时期的五言律诗中还比较常见。比如：

题破山寺后禅院　［唐］常建

清晨入古寺，初日照高林。
曲径通幽处，禅房花木深。
山光悦鸟性，潭影空人心。
万籁此皆寂，惟闻钟磬音。

月夜　［唐］杜甫

今夜鄜州月，闺中只独看。
遥怜小儿女，未解忆长安。
香雾云鬟湿，清辉玉臂寒。
何时倚虚幌，双照泪痕干。

七言律诗颔联不对仗的很少见。但是，受到五言律诗颔联可以不对仗的影响，有些七言律诗颔联对仗不工，似对非对，不像颈联的对仗那么严格工整。比如：

黄鹤楼　［唐］崔颢

昔人已乘黄鹤去，此地空余黄鹤楼。

黄鹤一去不复返，白云千载空悠悠。
晴川历历汉阳树，芳草萋萋鹦鹉洲。
日暮乡关何处是？烟波江上使人愁。

咏怀古迹 ［唐］杜甫

摇落深知宋玉悲，风流儒雅亦吾师。
怅望千秋一洒泪，萧条异代不同时。
江山故宅空文藻，云雨荒台岂梦思。
最是楚宫俱泯灭，舟人指点至今疑。

2. 三联对仗

如果一首律诗有三联对仗，那么大多数情况下是首联、颔联和颈联即前面三联对仗。五言律诗中前三联对仗的不少见，比如：

送友人 ［唐］李白

青山横北郭，白水绕东城。
此地一为别，孤蓬万里征。
浮云游子意，落日故人情，
挥手自兹去，萧萧班马鸣。

春望 ［唐］杜甫

国破山河在，城春草木深。
感时花溅泪，恨别鸟惊心。
烽火连三月，家书抵万金。
白头搔更短，浑欲不胜簪。

七言律诗前三联对仗的则比较少，但还不算罕见，比如：

野望　［唐］杜甫

西山白雪三城戍，南浦清江万里桥。
海内风尘诸弟隔，天涯涕泪一身遥。
惟将迟暮供多病，未有涓埃答圣朝。
跨马出郊时极目，不堪人事日萧条。

筹笔驿　［唐］李商隐

猿鸟犹疑畏简书，风云常为护储胥。
徒令上将挥神笔，终见降王走传车。
管乐有才真不忝，关张无命欲何如。
他年锦里经祠庙，梁父吟成恨有余。

律诗的尾联较少对仗，因为用散句，比较容易表示结束的语气。但是也有一些诗人尾联也用对仗，造成后三联即颔联、颈联和尾联对仗。但是比起前三联对仗的要少见得多。后三联对仗的律诗如：

悲秋　［唐］杜甫

凉风动万里，群盗尚纵横。
家远传书日，秋来为客情。
愁窥高鸟过，老逐众人行。
始欲投三峡，何由见两京！

宿府 ［唐］杜甫

清秋幕府井梧寒，独宿江城蜡炬残。
永夜角声悲自语，中庭月色好谁看。
风尘荏苒音书断，关塞萧条行路难。
已忍伶俜十年事，强移栖息一枝安。

3. 全篇对仗

全篇对仗的律诗不多见。如：

故西河郡杜太守挽歌 ［唐］王维

天上去西征，云中护北平。
生擒白马将，连破黑雕城。
忽见刍灵苦，徒闻竹使荣。
空留左氏传，谁继卜商名？

登高 ［唐］杜甫

风急天高猿啸哀，渚清沙白鸟飞回。
无边落木萧萧下，不尽长江滚滚来。
万里悲秋长作客，百年多病独登台。
艰难苦恨繁霜鬓，潦倒新停浊酒杯。

亥年残秋偶作 鲁迅

曾惊秋肃临天下，敢遣春温上笔端。
尘海苍茫沉百感，金风萧瑟走千官。
老归大泽菰蒲尽，梦坠空云齿发寒。

竦听荒鸡偏阒寂，起看星斗正阑干。

长律可以看成律诗的扩展。长律的对仗，也就是律诗对仗的扩展。长律的首尾两联可以不对仗，但中间无论有多少联，都必须对仗。长律的首联对仗也是常见的，上文所举的钱起《省试湘灵鼓瑟》的例子（见第11页），就是如此。尾联对仗的则非常罕见。

绝句的对仗也很容易从律诗的对仗得到说明。有些诗律家认为，绝句就是“截句”，是截取律诗的两联而成的。如果把颔颈两联对仗、首尾两联不对仗看成律诗对仗的常规，那么，绝句截取律诗的不同部分，就会有不同的对仗格式。绝句如果截取了律诗的首联和颔联，则第一联不对仗，第二联对仗；如果截取了律诗的颔联和颈联，则绝句第一联和第二联都对仗；如果截取了律诗的颈联和尾联，则绝句第一联对仗，第二联不对仗；如果截取了律诗的首联和尾联，则绝句第一联和第二联都不对仗。事实上，这几种对仗格式，在绝句中都是存在的。第一联不对仗，第二联对仗的如：

于易水送人一绝　［唐］骆宾王

此地别燕丹，壮士发冲冠。
昔时人已没，今日水犹寒。

绝句　［宋］僧志南

古木阴中系短篷，杖藜扶我过桥东。
沾衣欲湿杏花雨，吹面不寒杨柳风。

第一联和第二联都对仗的如：

登鹳雀楼 ［唐］王之涣

白日依山尽，黄河入海流。

欲穷千里目，更上一层楼。

绝句 ［唐］**杜甫**

两个黄鹂鸣翠柳，一行白鹭上青天。

窗含西岭千秋雪，门泊东吴万里船。

第一联对仗，第二联不对仗的如：

左掖梨花 ［唐］丘为

冷艳全欺雪，余香乍入衣。

春风且莫定，吹向玉阶飞。

饮湖上初晴后雨 ［宋］苏轼

水光潋滟晴方好，山色空蒙雨亦奇。

欲把西湖比西子，淡妆浓抹总相宜。

第一联和第二联都不对仗的如：

送别 ［唐］王维

山中相送罢，日暮掩柴扉。

春草年年绿，王孙归不归？

海棠　［宋］苏轼

东风袅袅泛崇光，香雾空蒙月转廊。

只恐夜深花睡去，故烧高烛照红妆。

（二）对仗的种类

近体诗的对仗，不仅在字词、句式、修辞等方面，而且在音律方面，都有许多讲究。跟骈体文中的对仗不同，近体诗的对仗，不仅要求一联之中的出句跟对句字数相同、句式相同，相应位置上的字词词类相同、意义相类，而且平仄必须相对。比如王维的五言律诗《汉江临泛》中的一联：

郡邑浮前浦，波澜动远空。

"郡邑"对"波澜"，并列结构的名词对并列结构的名词，作主语；"浮"对"动"，动词对动词，作谓语；"前浦"对"远空"，偏正结构的名词性词组对偏正结构的名词性词组，作补语。从字词和句法上说，对得极其工整，而且，出句的平仄格式为"仄仄平平仄"，对句为"平平仄仄平"，也对得十分严谨。但是，近体诗中并非所有的对仗都如此严谨工整。关于声调的平仄相对，在下一章还要详细讨论，此处暂时撇开不谈。这里着重讨论字词和句式问题。历来的诗律家一般都根据出句跟对句的句式结构、相应位置上字词的词类词义对偶的宽严程度，把对仗区分为工对、邻对和宽对。

1. 工对

所谓"工对"，就是指出句跟对句的句式结构完全一致，相对位置上的字词不仅词类相同，而且义类一致。古人对词的分类，跟今人不完全相同。诗歌的对仗中，对动词、形容词的分类比较粗疏，而对名词的分类却很细致。名词大致可以细分为：

①天文气象类，如：天空日月星辰阴阳斗宿云霞虹霓霄汉风雨雷电霜雪，等等；

②岁月时令类，如：年岁月日朝暮晨夕昼夜早晚寒暑伏腊春夏秋冬昏晓，等等；

③疆域地理类，如：土地山川江河湖海水泉关塞城市郡邑乡镇道路冈谷，等等；

④宫室建筑类，如：房屋庐舍楼台殿堂馆阁亭榭阶砌庭除户牖梁柱堞甍，等等；

⑤器物用具类，如：车辇舟船钟磬鼓角弓刀灯烛樯桅釜甑箪瓢箱笼鞍辔，等等；

⑥衣服饰物类，如：衣裳冠冕襟袍衫裙裘襦履靴屐杖簪缨绂绶盔甲珮珰，等等；

⑦饮食茶酒类，如：羹饭糕饼蔬菜肴馔餐飧醯醢盐酱茶茗酒浆醪酿丹药，等等；

⑧文学文体类，如：诗书赋骚章句经论诏令制诰碑碣文字图画歌谣符箓，等等；

⑨笔墨文具类，如：笔墨纸砚书剑琴瑟箫笛卷轴简牍策幅翰毫笺印钤筹，等等；

⑩草木花果类，如：花草树木根条枝叶杨柳桃李兰蕙椿萱禾麻菽麦蒲苇，等等；

⑪禽兽虫鱼类，如：牛马犬豕骏驽鸡凫雁鹅龙凤龟麟虎豹蛇虺鹰隼蚊蚁，等等；

⑫ 身体形貌类，如：身体肌肤头面耳目手足心腹胸臆肺肝音容羽翼爪牙，等等；

⑬ 人事行为类，如：谈笑言语游宴歌舞恩仇荣宠志意道德醉梦

感怀爱憎，等等。（这一类的名词有的是由动词名物化而来。）

⑭人伦品庶类，如：父母兄弟夫妻友朋伯叔子侄甥婿君臣将相士农工商，等等；

⑮ 方位类，如：东西南北中外表里前后左右上下，等等；

⑯ 干支类，如：甲乙丙丁戊己庚辛，子丑寅卯辰巳午未，等等；

⑰ 代名类，如：我余吾予尔汝他己自相子君谁何，等等；

⑱ 人名类，如：尧舜禹汤老庄荀韩、周公孔子秦皇汉武、司马迁东方朔李青莲杜工部，等等；

⑲ 地名类，如：燕赵秦楚汴洛浙闽、岱岳太行剡溪洞庭、郁林郡受降城未央宫金马门，等等。

形容词中的颜色词，被认为是专门的一类。如：青黄黑白赤红紫绯苍翠碧蓝丹赭玄素缁黔绀皂，等等。

数词和表示数目的词语也被认为是专门的一类。如：一二三四五六七八九十百千万亿兆半只孤独匹两双再数群诸众几，等等。

叠音词、联绵词、同义双音词、反义双音词，分别都是独立的小类。

同类词语相对，被认为是工整的，是“工对”。如：

露重飞难进，风多响易沉。（骆宾王《在狱咏蝉》）

少妇今春意，良人昨夜情。（沈佺期《杂诗》）

山随平野尽，江入大荒流。（李白《渡荆门送别》）

浮云游子意，落日故人情。（李白《送友人》）

白云回望合，青霭入看无。（王维《终南山》）

花迎剑佩星初落，柳拂旌旗露未干。（岑参《早朝大明宫》）

盘飧市远无兼味，樽酒家贫只旧醅。（杜甫《客至》）

2. 邻对

实际上，近体诗对仗往往使用邻类的词语，这叫作“邻对”。邻类词语只要意思相关，常常也被认为是工整的对仗。所谓邻类，指意义范畴比较接近的类别，比如天文与岁时、天文与地理、地理与宫室、动物与植物、衣饰与器物，器物与文具、形体与人事、人伦与代名、人名与地名，以及某些动词和形容词，等等。比如：

淑气催黄鸟，晴光转绿苹。（杜审言《早春游望》）

月下飞天镜，云生结海楼。（李白《渡荆门送别》）

感时花溅泪，恨别鸟惊心。（杜甫《春望》）

气蒸云梦泽，波撼岳阳城。（孟浩然《临洞庭上张丞相》）

大漠孤烟直，长河落日圆。（王维《使至塞上》）

惊风乱飐芙蓉水，密雨斜侵薜荔墙。（柳宗元《登柳州城楼》）

江上小堂巢翡翠，苑边高冢卧麒麟。（杜甫《曲江》）

晓镜但愁云鬓改，夜吟应觉月光寒。（李商隐《无题》）

3. 宽对

所谓“宽对”，就是一联中相对的两句诗，句式结构虽然相同，但相对位置上的字词不能用同类或邻类的词语构成对偶，义类相隔较远，仅仅词类相同，有时连词类也不同；或者甚至连句式结构也有一些差别。比如：

津人空守缆，村馆复临川。（王昌龄《沙苑南渡头》）

忽逢青鸟使，邀入赤松家。（孟浩然《宴梅道士山房》）

有弟皆分散，无家问死生。（杜甫《月夜忆舍弟》）

此地一为别，孤蓬万里征。（李白《送友人》）

为我一挥手，如听万壑松。（《听蜀僧濬弹琴》）

问姓惊初见，称名忆旧容。（李益《喜见外弟又言别》）

三山半落青天外，二水中分白鹭洲。（李白《登金陵凤凰台》）

花径不曾缘客扫，蓬门今始为君开。（杜甫《客至》）

在一联诗句中，往往很难每一个字都对得极其工整。毕竟诗人驱策文字，绘景摹情，为的是创造美的意境，意境的创造和表达不能被词语的类别所束缚。所以，在文字的求工整跟意境的求深美两者之间发生冲突时，诗人们常常会让前者服从后者。也就是说，对仗的工拙和诗的优劣不是同一件事。李白的五言律诗《夜泊牛渚怀古》：

牛渚西江夜，青天无片云。
登舟望秋月，空忆谢将军。
余亦能高咏，斯人不可闻。
明朝挂帆去，枫叶落纷纷。

颈联充其量只能说是最宽的"宽对"，但这并不影响此诗为一篇佳作。清代的蘅塘退士评论说："以谪仙之笔作律，如豢神龙于池沼中，虽勺水无波，而屈伸盘拏，出没变化，自不可遏，须从空灵一气处求之。"话虽说得云山雾罩，但意思却是清楚的：李白诗笔空灵雄健，不为近体诗的格律所束缚，读此诗要从其意境处去欣赏。言外之意就是有不合格律之处。今按：此诗押韵、平仄完全符合近体诗的要求，仅仅在对仗上未求工整而已。

除了上述普通的对仗形式外，还有三种特殊的对仗，即流水对、扇面对和本句对。

4. 流水对

流水对是指出句跟对句在意思上上下贯通、一气相承的联语。普通的对仗，上下两句所述的是并列的事物或是平行的事件，即使互换，原则上是不影响其意思的。而流水对则不同，上下两句之间或有时间上的先后关系，或有逻辑上的因果、条件、判断、承接等关系，因此是绝对不能颠倒的。比如：

欲穷千里目，更上一层楼。（王之涣《登鹳雀楼》）

野火烧不尽，春风吹又生。（白居易《草》）

承恩不在貌，教妾若为容？（杜荀鹤《春宫怨》）

不堪玄鬓影，来对白头吟。（骆宾王《在狱咏蝉》）

孤舟蓑笠翁，独钓寒江雪。（柳宗元《江雪》）

即从巴峡穿巫峡，便下襄阳向洛阳。（杜甫《闻官军收河南河北》）

惟将终夜长开眼，报答平生未展眉。（元稹《遣悲怀》）

5. 扇面对

扇面对，也叫“扇对”、“隔句对”，是相连的四句诗，第一句跟第三句对，第二句跟第四句对。这种对仗形式在骈体文中是习见的，如“虎豹无文，则鞹同犬羊；犀兕有皮，而色资丹漆”（刘勰《文心雕龙》），“钓台移柳，非玉关之可望；华亭鹤唳，岂河桥之可闻”（庾信《哀江南赋序》），“渔舟唱晚，响穷彭蠡之滨；雁阵惊寒，声断衡阳之浦”（王勃《滕王阁序》）。近体诗中扇面对很罕见。比如：

得罪台州去，时危弃硕儒。
移官蓬阁后，谷贵殁潜夫。
（杜甫《哭台州郑司户苏少监诗》）

缥缈巫山女，归来七八年。
殷勤湘水曲，留在十三弦。
（白居易《夜闻筝中弹潇湘送神曲感旧》）

扇面对跟普通的对仗有一个很大的区别。普通对仗的出句跟对句的平仄要相对，特别是句末的平仄总是相反的（详见下章），而扇面对的第一、第三句，句末都是仄声，第二、第四句的句末都是平声，不能做到句末平仄相反。

6. 本句对

本句对，也叫“当句对”、“句中自对”。顾名思义，就是诗句的一部分跟另一部分相对。本句对常常用在首联的出句或对句中，使原本不对仗的这一联也有了一些对偶的成分。五七言近体诗的一句字数不能成双，所以本句对往往是不完全的。这种不完全对仗有两种表现形式。一种是，句中舍弃某个字或某些字不顾，其余部分构成对偶，比如：

人事有代谢，往来成古今。（孟浩然《与诸子登岘山》）

故关衰草遍，离别正堪悲。（卢纶《送李端》）

儿童相见不相识，笑问客从何处来。（贺知章《回乡偶书》）

群山万壑赴荆门，生长明妃尚有村。（杜甫《咏怀古迹》）

城上高楼接大荒，海天愁思正茫茫。（柳宗元《登柳州城楼》）

惯于长夜过春时，挈妇将雏鬓有丝。（鲁迅《无题》）

另一种是，全句可分成对偶的两部分，其中一个部分少一个字，比如：

少小离家老大回，乡音无改鬓毛衰。（贺知章《回乡偶书》）

秦时明月汉时关，万里长征人未还。（王昌龄《出塞》）

云想衣裳花想容，春风拂槛露华浓。（李白《清平调》）

青山隐隐水迢迢，秋尽江南草未凋。（杜牧《寄扬州韩绰判官》）

烟笼寒水月笼沙，夜泊秦淮近酒家。（杜牧《泊秦淮》）

这两种本句对有时可能同时出现在一联的两句中，如：

能文好饮老萧郎，身似浮云鬓似霜。（白居易《送萧处士游黔南》）

清时有味是无能，闲爱孤云静爱僧。（杜牧《将赴吴兴登乐游原》）

本句对跟普通的对仗有两点区别。第一，近体诗中普通的对仗要避免同字相对，本句对则常常同字相对。第二，本句对在声调方面也不一定是平仄相对的。

（三）对仗的讲究和避忌

一方面，对仗是近体诗格律的一部分，使用对仗，诗句在韵律、句子结构、词语义类等方面都会呈现出对称的美；另一方面，过分追求对仗的工整有时候又可能导致词气的纤弱，束缚意境的开拓，反而以辞害义，成为一种作茧自缚之举。为了调和两者的矛盾，历代的诗人们在创作实践中苦心经营，发展出了许多对仗的技巧，同时也注意到了对仗方面容易产生的弊病。以下是历代诗律家在他们的著述中不断揭橥的有关对仗的讲究和避忌的一些方面。

1. 巧用特征词语，以求对仗工整

古代有成就的诗人往往在宽中求工，即在诗句中着意锤炼几个关键字，使它们对得非常工整。汉语中有一些词语在诗句中出现的时候，往往比其他词语更引人注目。如果这些词语在出句和对句中用得非常妥帖，那么哪怕这两句诗的其余部分对仗不是那么严谨，整个诗句的对仗看起来也会显得很工整。这些词语包括：①数目词、颜色词、方位词；②联绵词、叠音词；③反义词。比如：

城阙辅三秦，风烟望五津。（王勃《送杜少府之任蜀州》）

功盖三分国，名成八阵图。（杜甫《八阵图》）

烽火连三月，家书抵万金。（杜甫《春望》）

长江一帆远，落日五湖春。（刘长卿《饯别王十一南游》）

故国三千里，深宫二十年。
一声何满子，双泪落君前。（张祜《何满子》）
红颜弃轩冕，白首卧松云。（李白《赠孟浩然》）
黄叶仍风雨，青楼自管弦。（李商隐《风雨》）
绿蚁新醅酒，红泥小火炉。（白居易《问刘十九》）
黄鹤一去不复返，白云千载空悠悠。（崔颢《黄鹤楼》）
三山半落青天外，二水中分白鹭洲。（李白《登金陵凤凰台》）
三顾频烦天下计，两朝开济老臣心。（杜甫《蜀相》）
朱雀桥边野草花，乌衣巷口夕阳斜。（刘禹锡《乌衣巷》）
青山横北郭，白水绕东城。（李白《送友人》）
西陆蝉声唱，南冠客思深。（骆宾王《在狱咏蝉》）
江流天地外，山色有无中。（王维《汉江临眺》）
长乐钟声花外尽，龙池柳色雨中深。（钱起《赠阙下裴舍人》）
处处落花春寂寂，时时中酒病厌厌。（刘兼《春日醉眠》）
世事茫茫难自料，春愁黯黯独成眠。（韦应物《寄李儋元锡》）
漠漠水田飞白鹭，阴阴夏木啭黄鹂。（王维《积雨辋川庄作》）
江山城宛转，栋宇各徘徊。（杜甫《上白帝城》）
穿花蛱蝶深深见，点水蜻蜓款款飞。（杜甫《曲江》）
参差连曲陌，迢递送斜晖。（李商隐《落花》）
远路应悲春晼晚，残宵犹得梦依稀。（李商隐《春雨》）
大水淼茫炎海接，奇峰硉兀火云升。（杜甫《多病执热奉怀李尚书》）
风尘荏苒音书断，关塞萧条行路难。（杜甫《宿府》）
惊风乱飐芙蓉水，密雨斜侵薜荔墙。（柳宗元《登柳州城楼》）
田园寥落干戈后，骨肉流离道路中。（白居易《望月有感》）
昔闻洞庭水，今上岳阳楼。（杜甫《登岳阳楼》）

水落渔梁浅，天寒梦泽深。（孟浩然《与诸子登岘山》）

少孤为客早，多难识君迟。（卢纶《送李端》）

新知遭薄俗，旧好隔良缘。（李商隐《风雨》）

古调虽自爱，今人多不弹。（刘长卿《弹琴》）

沙头宿鹭联拳静，船尾跳鱼拨剌鸣。（杜甫《漫成一绝》）

身无彩凤双飞翼，心有灵犀一点通。（李商隐《无题》）

2. 自对与互对兼用

“自对”就是上文所说的“本句对”、“句中自对”。“互对”就是出句与对句的对仗。本句对固然可以只用在一句之中，与另一句构成不对仗的一联，但是也常常用在本已对仗的一联之中，造成既有本句自对，又有两句互对的双重对偶。例如：

岁岁金河复玉关，朝朝马策与刀环。

三春白雪归青冢，万里黄河绕黑山。（柳中庸《征人怨》）

风急天高猿啸哀，渚清沙白鸟飞回。（杜甫《登高》）

一联中如果既有自对，又有互对，则自对要“工”，互对可“松”。自对的成分，必须有相同的语法结构，对偶的字词也要力求使用同一义类中的成员。而互对的两句，不仅对偶的字词可以不必同义类，甚至句子和词组的结构也可以稍有不同。比如：杜审言《早春游望》：“云霞出海曙，梅柳渡江春。”“云”对“霞”，天文气象类；“梅”对“柳”，草木花果类，自对非常工整，而这两句互对就比较宽。尽管如此，这种对仗也给人以工整的印象。又如：

江流天地外，山色有无中。（王维《汉江临泛》）

欲济无舟楫，端居耻圣明。（孟浩然《洞庭湖上张丞相》）

开轩面场圃，把酒话桑麻。（孟浩然《过故人庄》）

蓄汉断消息，死生长别离。（张籍《没蕃故人》）

九天阊阖开宫殿，万国衣冠拜冕旒。（王维《和贾至舍人早朝大明宫之作》）

五更鼓角声悲壮，三峡星河影动摇。（杜甫《阁夜》）

莺啼燕语报新年，马邑龙堆路几千。（皇甫冉《春思》）

一叫一回肠一断，三春三月忆三巴。（李白《宣城见杜鹃花》）

3. 借字对和借音对

有时候，一联中相对的两个字在意思上并不直接构成对偶，但是，可以利用汉字的多义多音的特点，借用该字的另一义和另一音来构成对偶，这就叫“借字对”。比如：

少孤为客早，多难识君迟。（卢纶《送李端》）

“少孤”的“少”，本来是“年少”的“少(shào)”，但恰好此字还可以读成shǎo，正好与对句的“多”构成反义对偶。又如：

曾是寂寥金烬暗，断无消息石榴红。（李商隐《无题》，“金石”之“石”，借为“石榴”之“石”）

节候看应晚，心期卧已赊。（韩翃《酬程近秋夜即事见赠》，“肢节”之“节”，借为“时节”之“节”）

酒债寻常行处有，人生七十古来稀。（杜甫《曲江》，古制八尺为一寻，两寻为一常，此处借为“平常”义）

坐地日行八万里，巡天遥看一千河。（毛泽东《送瘟神》，“闾里”之“里”，借为量词之“里”）

禹域多飞将，蜗庐剩逸民。（鲁迅《无题》，虫名之“禹”（见《说文》），借为大禹之“禹”）

有时候，一联中相对的两个字在意思上并不直接构成对偶，但是，与该字同音的另一个字恰恰能借用来构成对偶，这就叫“借音对”。比如：

自须游阮巷，不是怕湖滩。（杜甫《宴忠州使君侄宅》，“湖泊”之“湖”，借为“胡”姓之“胡”）

红楼隔雨相望冷，珠箔飘灯独自归。（李商隐《春雨》，“珠箔”之“珠”，借为“朱红”之“朱”）

隔座送钩春酒暖，分曹射覆蜡灯红。（李商隐《无题》，“蜡烛”之“蜡”，借为“腊月”之“腊”）

沧海月明珠有泪，蓝田日暖玉生烟。（李商隐《锦瑟》，“沧海”之“沧”，借为“青苍”之“苍”）

清风掠地秋先到，赤日行天午不知。（陆游《新竹》，“清风”之“清”，借为“青黄”之“青”）

4. 错综对

普通的对仗，是相同位置上的字词对偶。但是，有些特殊的诗联，相应位置上的字词并不对偶，不相应位置上的字词却对偶。这种对仗叫作“错综对”。例如：

裙拖六幅湘江水，鬓耸巫山一段云。（李群玉《杜丞相筵中赠美人》）

这一联诗句，“六幅”对“一段”、“湘江”对“巫山”，位置是交叉的。从中可以发现，如果位置不交叉，声调的平仄就不能相对。在近体诗中，对仗的规则要服从平仄律的规定。除了因为平仄格式的理由形成错综对，有时候诗句中使用一些现成词语、专名等等，也会形成错综对。例如：

共谁论昔事，几处有新阡。（杜甫《秋日夔府咏怀一百韵》）

朝罢香烟携满袖，诗成珠玉在挥毫。（杜甫《和贾至舍人早朝大明宫之作》）

于今腐草无萤火，终古垂杨有暮鸦。（李商隐《隋宫》）

晴川历历汉阳树，芳草萋萋鹦鹉洲。（崔颢《黄鹤楼》）

残雪压枝犹有橘，冻雷惊笋欲抽芽。（欧阳修《戏答元珍》）

律诗的首联不一定要对仗，所以首联中常常出现一些不甚严格的错综对。例如：

万壑树参天，千山响杜鹃。（王维《送梓州李使君》）

十年离乱后，长大一相逢。（李益《喜见外弟又言别》）

木落雁南渡，北风江上寒。（孟浩然《早寒有怀》）

故人江海别，几度隔山川。（司空曙《云阳馆与韩绅宿别》）

飒飒东风细雨来，芙蓉塘外有轻雷。（李商隐《无题》）

江上巍巍万岁楼，不知经历几千秋。（王昌龄《万岁楼》）

燕台一去客心惊，笳鼓喧喧汉将营。（祖咏《望蓟门》）

5. 正对与反对

有时，过分追求同类词语对仗，常常造成出句跟对句意思的重复。如“千帆竞发，百舸争流”、“朝晖临玉室，夕照满琼楼”、“九月登高日，三秋望远时”，等等。这种出句与对句句意重复的情况就是“正对”。“正对”是诗家的大忌。一联中的两句诗，应当用正反两面或不同侧面来构成对立，使诗歌的内容、意境尽量宽阔、深邃，这就是“反对”。刘勰《文心雕龙》就指出：“反对者，理殊趣合者也；正对者，事异义同者也。”刘勰批评正对，并举出张载《七哀诗》中的句子为例：

汉祖想枌榆，光武思白水。

枌榆社是西汉高祖刘邦的家乡，白水村是东汉光武帝刘秀的家乡。两句诗说的是同一个意思。所以刘勰说：“正对为劣，反对为优。”这里可以举杜甫的几首诗看看“反对”为什么“优”：

天末怀李白

凉风起天末，君子意如何。

鸿雁几时到，江湖秋水多。

文章憎命达，魑魅喜人过。
应共冤魂语，投诗赠汨罗。

春日忆李白

白也诗无敌，飘然思不群。
清新庾开府，俊逸鲍参军。
渭北春天树，江东日暮云。
何时一樽酒，重与细论文。

不见

不见李生久，佯狂真可哀。
世人皆欲杀，吾意独怜才。
敏捷诗千首，飘零酒一杯。
匡山读书处，头白好归来。

这三首五言律诗，颔联、颈联共有6个联语。“鸿雁”一联，出句写思念不已，欲托鸿雁传书，而对句说风波阻隔，音书不通，写尽思念之切。“文章”一联，出句写李白文思卓绝，天妒其才，故仕途不达，对句写群小侦伺过失而谗构其罪。“清新”一联，评论李白诗歌创造的成就和风格，以六朝庾信和鲍照作比。“渭北”一联，出句写杜甫自己定居关中，思念李白不已，对句写李白漂流江南，萍踪不定，音信难达。“春树暮云”遂成为思念游子的一句成语。“世人”一联，写李白因为参与永王李璘幕府，而获罪于唐肃宗李亨，王室争权，成王败寇，李白被株连，完全是无辜的，故对句表达了杜甫对李白不幸遭遇的同情和哀怜。“敏捷”一联，出句写李白的诗才和成就，对句写李白的身世和风度。两者互相补充，方见李白不是腐儒而是倜傥才子，不是酒徒而是天上谪仙。这六联，多数没有用同义类的字词为对，“鸿雁”对“江湖”是动物类对地理类；“文章”对“魑魅”是文学类对人伦类；“树”对“云”，是植物类对天文类；“诗”对“酒”，是文学类对饮食类。“世人”一联，更是宽对，“皆欲杀”与“独怜才”结构不同，但意思正相对峙。这正是“反对”所以为“优”的道理所在。

6. 相承两联句式和节奏的变换

近体诗对仗的一联之中，出句和对句必须句式结构相同，音步节奏一致，但是相邻的两联，却要尽量避免结构和节奏的雷同。因为近体诗格律的要义，就是“同”和“异”、“重复”和“变换”的对立统一，押韵是相同韵脚的周期性重复，非韵脚部分就要尽量避免使用跟韵脚同韵的字；律诗之所以是五言和七言，绝少六言律诗，也是因为五言和七言句的音步有双音节和单音节的变化；下文要谈到的平仄格式、黏对规则，也是重复和变化的有序交替。相承两联句式和节奏的变换，也是近体诗“重复”和“变换”的和谐统一这一本质特征的体现。下面以杜甫的五言律诗《天末怀李白》为例，来观察这种变换：

凉风 起 天末，君子 意 如何。

××　×　××，××　×　××。

主　谓　补，　主　谓（主谓）。不对仗，结构不同，节奏相同。

鸿雁 几时 到，江湖 秋水 多。

××　××　×，××　××　×。

主（并列）谓（状中），主（并列）谓（主谓）。与上一联对句节奏、结构都不同。本联对仗，节奏相同，结构基本相同。

文章 憎命达，魑魅 喜人过。

×× × ××，×× × ××。

主 谓宾（主谓），主 谓 宾（主谓）。与上一联对句结构、节奏都不同。本联对仗，结构、节奏相同。

应共 冤魂 语，投诗 赠 汨罗。

×× ×× ×，×× × ××。

状介 宾 谓，谓宾 谓 宾。与上一联对句结构、节奏都不同。本联不对仗，结构和节奏都不同。

当然，近体诗联与联之间结构、节奏的变化，并不都像这一首五律一样极尽变化之能事，但是要避免雷同，却是总的倾向。像下面的这首律诗，颔颈两联节奏和结构上没有任何变化，就是非常不成功的例子：

春日游张提举园池 ［宋］徐玑

西野芳菲路，春风正可寻。
山城依曲渚，古渡入修林。
长日多飞絮，游人爱绿阴。
晚来歌吹起，惟觉画堂深。

从首联对句起，直到颈联对句，5句诗的节奏都是×× × ××，颔颈两联四句的句法结构都是“主谓宾”，而且主宾语八个词组都是“定中”结构，显得极其重复呆板。

第3章

音乐美——近体诗的平仄

明·吴湘　树下停阮图

近体诗格律的诸要素中，平仄格式的规定是核心要素，它是充分发挥汉语音乐性潜质最主要的手段，能使诗句音韵和谐、余音悠远、抑扬顿挫、朗朗上口。所以近体诗对平仄的要求比对仗严格得多。

（一）近体诗平仄格式的形成

平仄的协调是韵律优美的基本条件。从六朝开始的对诗歌格律的追求，是在发现汉语声调的基础上发展起来的。声调使汉语本身具有音乐美。诗文声律的探讨，主要就是对声调在诗句中如何安排的探讨。《南史·庾肩吾传》说："齐永明中，王融、谢朓、沈约，文章始用四声，以为新变。"《陆厥传》说："时盛为文章，吴兴沈约、陈郡谢朓、琅玡王融以气类相推。汝南周颙，善识声韵。约等为文皆用宫商，以平上去入为四声。以此制韵，有平头、上尾、蜂腰、鹤膝。五字之中，音韵悉异；两句之内，角徵不同。不可增减。世呼为'永明体'。"《南齐书·陆厥传》引用沈约的话说："大旨欲使宫羽相变，低昂舛节。若前有浮声，则后须切响。一简之内，音韵尽殊；两句之中，轻重悉异。"沈约还为诗文押韵编写了《四声谱》。在这些诗人的努力下，诗歌的平仄格律逐渐有了雏形。

"永明体"有所谓"声病"或"四声八病"之说。"四声"就是平上去入。"八病"是诗句中声韵调方面必须避忌的八种弊病。上面提到的"平头、上尾、蜂腰、鹤膝"四者就是跟声调有关的四种弊病。平头，是指五言诗"一简"（即两句10个字）中上句第一字跟下句第一字同声调，或上句第二字跟下句第二字同声调（如"今日良宴会，欢乐难具陈"），尤其是上下句第二字同声调更为大病，必须回避。上尾，是指上句第五字跟下句第五字同声调（如"西北有高楼，上与浮云齐"），这是必须回避的大病，但押韵者除外（如"青青河边草，绵绵思远道”）。蜂腰，是指每句的第二字与第五字同声调（如“闻君爱我甘，窃独自雕饰”），第二字是第一音步的结尾，与句尾不能同声调。一联的出句，尤其不能犯蜂腰。此外，第二字与第四字同声调（如“冬节南食稻，春日复北翔”），也是要避忌的。鹤膝，是指上一联的上句跟下一联的上句末字同声调（如“拨棹金陵渚，遵流背城阙。浪蹙飞船影，山挂垂轮月”）。总起来说，避忌“声病”，就是追求声调的错综，避免单调重复。

沈约所谓“浮声”、“切响”，是对四声的归类，浮声是指平、上、去声，“切响”是指入声。而周颙等人则把四声分为平声跟仄声两类[①]。平仄两分显然比入声跟非入声两分更加合理，因为汉字中入声字比非入声字少得多，而平声字跟仄声字的数量相差不多。

到唐代，对近体诗声律的讲究，逐渐形成一种共识。那就是，声律要达到和谐，固然要避免平声或仄声的单调重复，但是也不能一味地追求极端的错综。平声和仄声交替和重复达到平衡，声律就能臻于和谐。很明显，像“平平平平平”（如“迢迢牵牛星”）或“仄仄仄仄仄”（如“脉脉不得语”）这样单调重复的诗句，念起来是很拗口的，而像“平仄平仄平”（如“回首清渭滨”）“仄平仄平仄”（如“每于百寮上”）这样的诗句，从单个字看来似乎极端错综，从音步看来却是“平仄、平仄”或“仄平、仄平”，又陷入简单重复的泥潭。只有像“平平仄仄平”（如“乾坤 日夜 浮”、“云生 结 海楼”）、“仄仄平平仄”（如“造化 钟 神秀”、“渡远 荆门 外”）或“平仄仄平平”（如“城阙 辅 三秦”、“同是 宦游 人”）、“仄平平仄仄”（如“与君 离别 意”、“白云 依 静渚”）这样的诗句，从单个字看来既有重复，又

① 俞敏，《永明运动的表里》，《中国语文学论文选》，日本光生馆，1984，72页。

有变化，从音步看来，则是错综变化的。

近体诗平仄格式为什么能使诗句抑扬顿挫、朗朗上口、富有韵律感呢？这是汉语不同声调的不同语音特征造成的。首先，入声和非入声音节有不同的结构特点。中古汉语的入声音节，带有塞音韵尾p、t、k，因此，具有发音短促、突然停止、不能延长的特点。而平上去声的音节，可以带有鼻音韵尾m、n、ng，或者元音韵尾i、u，或者直接以元音结尾，因此，发音可以拖长，余音可以在口腔或鼻腔中混响。其次，四声具有不同的调值（包括音高、音长和调型）。据我们研究，唐代初年，四声的调值大致可以用下面的示意图来表示[①]：

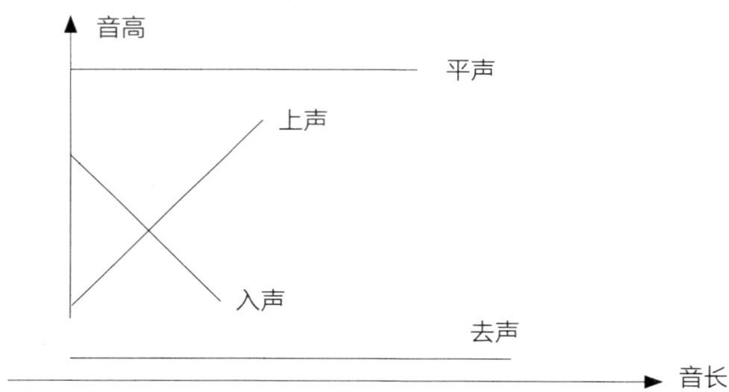

从图中可以看出，平声是个高调，并且是个长调。仄声不是低调，就是短调。所以，平仄的对立，实质上就是高低调和长短调的对立。由此看来，汉语的诗律，跟印欧语国家的诗律在本质上是完全一致的（参见诗词格律概说第一节）。由于平上去入四声的这些不同发音特点，当不同声调的音节在诗句中有规则地交替或重复时，诗句自然会抑扬顿挫，朗朗上口，富有韵律感。

---

① 施向东，《玄奘译著中的梵汉对音和唐初中原方音》，语言研究1983年第1期，40页。

（二）律句

律句是符合近体诗平仄格式的诗句。不管是五言诗还是七言诗，近体诗诗句平仄声安排的原则都是一样的，就是上面提到的“使平声和仄声交替和重复达到平衡”的原则。根据这个原则，可以得到下面的序列：

平平仄仄平平仄仄平平仄仄平平仄仄平平仄仄……

在这个序列中，平或仄可以重复一次，然后就要变化，变化之后又可以重复一次，然后再变化……在这个序列中任意截取连续的五个字，就可以得到五言律句；任意截取连续的七个字，就可以得到七言律句。启功《诗文声律论稿》把这形象地比喻为“截竹竿”。但是不管如何截取，得到的只有四种五言律句和四种七言律句。

1. 五言律句的平仄格式

五言律句的四种格式是：

①仄仄平平仄，例如：海内存知己（王勃），**国**破山河在（杜甫），**忽**过新丰市（王维）。（黑体字是入声字，下同）

②平平仄仄平，例如：天涯**若**比邻（王勃），城春草**木**深（杜甫），将军**猎**渭城（王维）。

③仄平平仄仄，例如：与君离**别**意（王勃），感时花溅泪（杜甫），草枯鹰眼**疾**（王维）。

④平仄仄平平，例如：城**阙**辅三秦（王勃），天地**一**沙鸥（杜甫），风劲**角**弓鸣（王维）。

王力《汉语诗律学》则认为五言律句的四种格式是：

①仄仄平平仄。

②平平仄仄平。

③平平平仄仄，例如：江山留胜迹（孟浩然），文章憎命达（杜甫），空山新雨后（王维）。

④仄仄仄平平，例如：独有宦游人（杜审言），驻马望千门（杜甫），落日满秋山（王维）。

王力的第一和第二种律句跟上面所说的完全一样，第三和第四种律句跟上面所说的三、四两种律句，差别仅在第一字。而这两种律句，第一个字的平仄是可以不论的。所以，“平平平仄仄”跟“仄平平仄仄”其实是等价的，“仄仄仄平平”跟“平仄仄平平”也是等价的。下面在叙述中不把两者看成不同的律句。

细心的读者会发现，五言近体诗律句的第一、第二两种格式，第二字与第五字平仄相同，这岂不犯了“声病”中的“蜂腰”？六朝时的诗人对“蜂腰”这种“声病”有不同的态度：第二字与第五字如果同为平声，则被有些人认为不是声病；如果是仄声，比如第二字与第五字同为上声、同为去声，同为入声，则是声病，但这种声病被认为比“上尾”“鹤膝”要轻。在近体诗的平仄格式中，“平平仄仄平”完全是合格的律句，没有人认为属于“蜂腰”，而“仄仄平平仄”一式，因为仄声中还有上去入三者可供选择，有些讲究的诗人会避免让第二字与第五字同声调，比如王勃：海内(去声)存知己(上声)；杜甫：国破(去声)山河在(上声)；王维：忽过(去声)新丰市(上声)，等等。但是也有不讲究的，马戴：广泽(入声)生明月(入声)；李商隐：北斗(上声)兼春远(上声)、薄宦(去声)梗犹汎(去声)，等等。总之，在近体诗中，“蜂腰”已经不算一种必须回避的声病，只是一些诗人还在讲究的技巧罢了。

2. 五言律句的平仄特点

观察五言律句，还可以发现有如下特点：

①任何一种格式的律句，第二字与第四字的平仄总是相反的。唐以前论“蜂腰”时已经谈到这个问题，据空海《文镜秘府论》引刘善经说：“又第二字与第四字同声，亦不能善，此虽世无的目，而甚于蜂腰。”可见这一问题早就引起了声律家的注意了。

②五言律句中每一音步不会有相同的平仄格式。五言律句只能有××　×　××和××　××　×两种节奏，不管是哪一种，切分五言律句，一句中可切分出三个音步，两个双音节音步，一个单音节音步，绝不会有平仄相同的音步：

仄仄平平仄，可切得仄仄 平 平仄或仄仄 平平 仄；

平平仄仄平，可切得平平 仄 仄平或平平 仄仄 平；

仄平平仄仄，可切得仄平 平 仄仄或仄平 平仄 仄；

平仄仄平平，可切得平仄 仄 平平或平仄 仄平 平。

这就体现出五言律句的平仄格式所达到的韵律错综的效果。

3. 七言律句的平仄格式

七言近体诗是从五言近体诗发展出来的，七言律句是五言律句的扩展。在五言律句的前边加上一个与该律句第一音步平仄相反的音步，就得到七言律句的平仄格式。七言律句也有四种平仄格式（当然，这四种格式也可以通过“截竹竿”的方法得到）：

①平平仄仄平平仄，例如：江山故宅空文藻（杜甫），山中习静观朝槿（王维），庄生晓梦迷蝴蝶（李商隐）。

②仄仄平平仄仄平，例如：玉殿虚无野寺中（杜甫），阁道回看上苑花（王维），锦瑟无端五十弦（李商隐）。

③平仄仄平平仄仄，例如：花径不曾缘客扫（杜甫），云里帝城双凤阙（王维），沧海月明珠有泪（李商隐）。

④仄平平仄仄平平，例如：锦官城外柏森森（杜甫），尚衣方进翠

云裘（王维），画楼西畔桂堂东（李商隐）。

王力《汉语诗律学》则认为七言律句的四种格式是：

①平平仄仄平平仄。

②仄仄平平仄仄平。

③仄仄平平平仄仄，例如：万里悲秋常**作**客（杜甫），**日色**才临仙掌动（王维），贾氏窥帘韩掾少（李商隐）。

④平平仄仄仄平平，例如：西山寇盗**莫**相侵（杜甫），香烟**欲**傍衮龙浮（王维），分曹**射覆蜡**灯红（李商隐）。

王力的第一和第二两种七言律句跟上面所说的完全一样，第三和第四种律句跟上面所说的三、四两种律句，差别仅在第一字和第三字。而这两种律句，第一个字和第三个字的平仄是可以不论的。所以，“仄仄平平平仄仄”跟“平仄仄平平仄仄”其实是等价的，“平平仄仄仄平平”跟“仄平平仄仄平平”也是等价的。在下面叙述中不再区分这两者。

4. 七言律句的平仄特点

观察七言律句，可以发现有如下特点：

①任何一种格式的律句，第二字与第四字的平仄总是相反的，第四字与第六字的平仄也总是相反的，而第二字与第六字的平仄总是相同的。

②七言律句中至多只会有两个平仄格式相同的音步。七言律句只能有××　××　×　××和××　××　××　×两种节奏。不管是哪一种，切分七言律句，一句中切分出四个音步，三个双音节音步，一个单音节音步，至多只会有两个音步平仄格式相同（相同的音步一定不连续出现），有时甚至没有平仄格式相同的音步：

平平仄仄平平仄，可切得平平　仄仄　平　平仄（无雷同音步）或平平　仄

仄 平平 仄（两个音步相同）

仄仄平平仄仄平，可切得仄仄 平平 仄 仄平（无雷同音步）或仄仄 平平 仄仄 平（两个音步相同）

平仄仄平平仄仄，可切得平仄 仄平 平 仄仄（无雷同音步）或平仄 仄平 平仄 仄（两个音步相同）

仄平平仄仄平平，可切得仄平 平仄 仄 平平（无雷同音步）或仄平 平仄 仄平 平（两个音步相同）

5. 五七言律句的类别

五言律句可以按第一音步末字的平仄分为两类，第一音步末字为仄声的，称为“仄起句”；第一音步末字为平声的，称为“平起句”。也可以按全句末字的平仄分为两类，全句末字为仄声的，称为“仄收句”；全句末字为平声的，称为“平收句”。这两种类型是互相交叉的，所以实际上可以分为四式。这里借用王力采用的aAbB 4个符号来标志它们：

a 式，仄起仄收：仄仄平平仄

A式，仄起平收：平仄仄平平

b 式，平起仄收：仄平平仄仄

B式，平起平收：平平仄仄平

七言律句可以以此类推：

a 式，平起仄收：平平仄仄平平仄

A式，平起平收：仄平平仄仄平平

b 式，仄起仄收：平仄仄平平仄仄

B式，仄起平收：仄仄平平仄仄平

6. 五七言律句平仄的变通

五七言律句中，并非每个字的平仄同样严格。一般地说，五言律句的第二、四、五字，七言律句的第二、四、六、七字，必须按照格式的规定，不能马虎。因为这些字是在音步的末尾或诗句的末尾，处在关键的位置，背离了规定的平仄，会影响到诗句韵律的和谐。五言律句的第一字，除了B式句外，平仄都可以不论。这样，五言律句的四种格式可以写成：

a式，㊀仄平平仄

A式，㊉仄仄平平

b式，㊀平平仄仄

B式，平平仄仄平

带圈的字，表示平仄两可。五言律句的第三字，除了A式句外，平仄也都可在一定的情况下变通。（关于更细致一些的规定或讲究，下文还要详述）。七言律句是五言律句前再加一个音步，这个音步的第一音节总是可平可仄的。这样，七言律句的四种格式可以写成：

a式，㊉平㊀仄平平仄

A式，㊀平㊉仄仄平平

b式，㊉仄㊀平平仄仄

B式，㊀仄平平仄仄平

七言律句的第五字，除了A式句外，平仄也都可在一定的情况下变通。（关于更细致一些的规定或讲究，下文还要详述。）在变通以后的律句中，诗句前部或中部可能出现三个相连的平声（三连平）或三个相连的仄声（三连仄），但诗句的末三字不可以出现三连仄，尤其是不可以出现三连平。

（三）黏对

“黏对”是将四种律句组织成整篇近体诗的规则。近体诗中，组字成句的规则跟组句成篇的规则所遵循的原则是一样的，也是“重复和变化的有规则的交替”。在一句中，是平声和仄声的重复和变化；在一篇中，是同类律句的重复和不同类律句的交替。

1. 什么是黏对

“黏对”是“黏”和“对”的总称。

“黏”是就近体诗的相邻两联说的。上一联的对句跟下一联的出句，第二字和第四字（七言近体诗则还有第六字）的平仄要相同，这就是“黏”。也就是说，如果上一联的对句是A，下一联的出句就一定是a；上一联的对句是B，下一联的出句就一定是b。

“对”是就近体诗的一联之内的两句来说的。每一联的出句跟对句，平仄要相反，这就是“对”。也就是说，出句如果是a（㊀仄平平仄），对句就必须是B（平平仄仄平）；出句如果是b（㊀平平仄仄），对句就一定是A（㊉仄仄平平）。

2. 五言律诗和七言律诗的黏对规则

从上文知道，近体诗偶句押韵，一般来说是押平声韵的，所以，各联的对句只能是平收的A或B句，那么，各联的出句应当是仄收的b或a句。假定有一首五言律诗的第一句是a, 那么，根据黏对规则，全诗的平仄格式应当是a B b A a B b A，也就是：

㊀仄平平仄（a）

平平仄仄平（B）

㊀平平仄仄（b）

㊉仄仄平平（A）

㊀仄平平仄（a）

平平仄仄平（B）

㊀平平仄仄（b）

平⃝仄仄平平（A）

七言律诗则是

平⃝平仄⃝仄平平仄（a）

仄⃝仄平平仄仄平（B）

平⃝仄仄⃝平平仄仄（b）

仄⃝平平⃝仄仄平平（A）

平⃝平仄⃝仄平平仄（a）

仄⃝仄平平仄仄平（B）

平⃝仄仄⃝平平仄仄（b）

仄⃝平平⃝仄仄平平（A）

如:

次北固山下　［唐］王湾

客路青山下，（a）
行舟绿水前。（B）
潮平两岸阔，（b）
风正一帆悬。（A）
海日生残夜，（a）
江春入旧年。（B）
乡书何处达，（b）
归雁洛阳边。（A）

客至　［唐］杜甫

舍南舍北皆春水，（a）
但见群鸥日日来。（B）
花径不曾缘客扫，（b）

蓬门今始为君开。（A）
盘飧市远无兼味，（a）
樽酒家贫只旧醅。（B）
肯与邻翁相对饮，（b）
隔篱呼取尽余杯。（A）

如果五言律诗的第一句是b，则全诗的平仄格式就是b A a B b A a B，也就是：

(仄)平平仄仄（b）
(平)仄仄平平（A）
(仄)仄平平仄（a）
平平仄仄平（B）
(仄)平平仄仄（b）
(平)仄仄平平（A）
(仄)仄平平仄（a）
平平仄仄平（B）

七言律诗则是：

(平)仄(仄)平平仄仄（b）
(仄)平(平)仄仄平平（A）
(平)平(仄)仄平平仄（a）
(仄)仄平平仄仄平（B）
(平)仄(仄)平平仄仄（b）
(仄)平(平)仄仄平平（A）
(平)平(仄)仄平平仄（a）
(仄)仄平平仄仄平（B）

如:

山居秋暝　［唐］王维

空山新雨后，（b）
天气晚来秋。（A）
明月松间照，（a）
清泉石上流。（B）
竹喧归浣女，（b）
莲动下渔舟。（A）
随意春芳歇，（a）
王孙自可留。（B）

阁夜　［唐］杜甫

岁暮阴阳催短景，（b）
天涯霜雪霁寒宵。（A）
五更鼓角声悲壮，（a）
三峡星河影动摇。（B）
野哭几家闻战伐，（b）
夷歌数处起渔樵。（A）
卧龙跃马终黄土，（a）
人事音书漫寂寥。（B）

近体诗的首句如果入韵，那么，首句要用平收的A句或B句。当首句用A或B句时，“对”的规则要稍作变通。因为近体诗偶句押韵，对句不可能用b或a句。首句用A式，则对句用B式，首句用B式，则对句用A式。这样，五言律诗的第二、四字，七言律诗的第二、四、六字仍然平仄相对，只有末字皆为平声。第三句以下仍按黏对规则展开。例如：

终南山　［唐］王维

太乙近天都，（A）
连山到海隅。（B）
白云回望合，（b）
青霭入看无。（A）
分野中峰变，（a）
阴晴众壑殊。（B）
欲投人处宿，（b）
隔水问樵夫。（A）

风雨　［唐］李商隐

凄凉宝剑篇，（B）
羁泊欲穷年。（A）
黄叶仍风雨，（a）
青楼自管弦。（B）
新知遭薄俗，（b）
旧好隔良缘。（A）
心断新丰酒，（a）
消愁又几千。（B）

九日登望仙台呈刘明府　［唐］崔曙

汉文皇帝有高台，（A）

此日登临曙色开。（B）
三晋云山皆北向，（b）
二陵风雨自东来。（A）
关门令尹谁能识，（a）
河上仙翁去不回。（B）
且欲近寻彭泽宰，（b）
陶然共醉菊花杯。（A）

蜀相 ［唐］杜甫

丞相祠堂何处寻，（B）
锦官城外柏森森。（A）
映阶碧草自春色，（a）
隔叶黄鹂空好音。（B）
三顾频烦天下计，（b）
两朝开济老臣心。（A）
出师未捷身先死，（a）
长使英雄泪满襟。（B）

从上面的例子可以看到，五七言律诗各有4种平仄格式。两种首句不入韵的格式：

①a B b A a B b A

②b A a B b A a B

两种首句入韵的格式：

③A B b A a B b A

④B A a B b A a B

五言律诗首句不入韵的占大多数，以第①式（仄起、首句不入韵）最为常见，第④式（平起、首句入韵）最为罕见。七言律诗则首句入韵者最为常见。

3. 长律和律绝的黏对规则

知道了律诗的平仄格式，那么长律的平仄格式就可以此类推，只要按照黏对规则一直往下展开就是了。长律一般只有五言的（七言长律极其罕见），而且以首句不入韵为正例。所以，最常见的长律平仄格式是a B b A a B b A a B b A……，如：

郑驸马池台喜遇郑广文同饮　［唐］杜甫

不谓生戎马，（a）
何知共酒杯。（B）
然脐郿坞败，（b）
握节汉臣回。（A）
白发千茎雪，（a）
丹心一寸灰。（B）
别离经死地，（b）
披写忽登台。（A）
重对秦箫发，（a）
俱过阮宅来。（B）
留连春夜舞，（b）
泪落强徘徊。（A）

律绝的平仄格式，也可以此类推。五言律绝以首句不入韵为常，如：

登鹳雀楼 ［唐］王之涣

白日依山尽，（a）

黄河入海流。（B）

欲穷千里目，（b）

更上一层楼。（A）

送别 ［唐］王维

山中相送罢，（b）

日暮掩柴扉。（A）

春草年年绿，（a）

王孙归不归？（B）

首句入韵的五言律绝也有，但是比较少见，如：

行宫 ［唐］元稹

寥落古行宫，（A）

宫花寂寞红。（B）

白头宫女在，（b）

闲坐说玄宗。（A）

婕妤怨 ［唐］皇甫冉

花枝出建章，（B）

凤管发昭阳。（A）

借问承恩者，（a）

双蛾几许长。（B）

七言绝句以首句入韵为常，但首句不入韵的也往往有之。比如：

马嵬坡　［唐］郑畋

玄宗回马杨妃死，（a）
云雨难忘日月新。（B）
终是圣明天子事，（b）
景阳宫井又何人。（A）

夜上受降城闻笛　［唐］李益

回乐峰前沙似雪，（b）
受降城外月如霜。（A）
不知何处吹芦管，（a）
一夜征人尽望乡。（B）

早春呈水部张十八员外　［唐］韩愈

天街小雨润如酥，（A）
草色遥看近却无。（B）
最是一年春好处，（b）
绝胜烟柳满皇都。（A）

玄都观桃花　［唐］刘禹锡

紫陌红尘拂面来，（B）
无人不道看花回。（A）
玄都观里桃千树，（a）
尽是刘郎去后栽。（B）

近体诗的黏对规则使“永明体”时代所谓“平头”、“上尾”两种“声病”得以避免。因为根据“对”的规则，一联中出句和对句的平仄总是相反的，出句第二字跟对句第二字不可能同声调，出句的末字跟对句的末字也不可能同声调。只有“鹤膝”这种病，近体诗的规则中没有加以限制的科条。近体诗只规定了奇句的句脚用仄声字，因此就存在奇句句脚字声调相同的可能性（王力《汉语诗律学》把这叫作“上尾”，其实就是“声病”说所谓“鹤膝”）。比如：

洛中访袁拾遗不遇 ［唐］孟浩然

洛阳访才子（上声），江岭作流人。
闻说梅花早（上声），何如此地春。

秋风引 ［唐］刘禹锡

何处秋风至（去声）？萧萧送雁群。
朝来入庭树（去声），孤客最先闻。

一些讲究声律的诗家，在奇句句脚的声调上下功夫，尽量避免相邻的奇句句脚同声调。在一首律诗中，如果首句不入韵，就使奇句句脚上去入三声俱全；如果首句入韵，就使奇句句脚四声俱全。比如：

春日忆李白 ［唐］杜甫

白也诗无敌（入声），飘然思不群。
清新庾开府（上声），俊逸鲍参军。
渭北春天树（去声），江东日暮云。
何时一樽酒（上声），重与细论文。

秋兴八首之一　[唐] 杜甫

玉露凋伤枫树林（平声），巫山巫峡气萧森。
江间波浪兼天涌（上声），塞上风云接地阴。
丛菊两开他日泪（去声），孤舟一系故园心。
寒衣处处催刀尺（入声），白帝城高急暮砧。

当然，这只能说是一些诗人的技巧和讲究，还没有成为近体诗格律的内容。

（四）失对，失黏

在近体诗中，一联中的两句平仄该“对”而没有相对，叫作“失对”；相邻两联平仄该“黏”而没有相黏，叫作“失黏”。

黏对的规则，在近体诗形成之初，还不是十分严格的。所以，失对和失黏的情况，在唐初往往有之。而失黏的情况更比失对的情况为多。六朝文士的诗，在对仗时同时注意平仄相对的例子是不少的，像“羊肠连九坂，熊耳对双峰”（庾信）和“摧藏多好貌，清唳有奇音”（吴均）是平平平仄仄(b)对平仄仄平平(A)，“千龄犹旦夕，万世更浮沉”（江淹）是平平平仄仄(b)对仄仄仄平平(A)，“日月光天德，山河壮帝居”（陈后主）、“马色迷关吏，鸡鸣起戍人”（颜之推）和“朔气传金柝，寒光照铁衣”（木兰诗）是仄仄平平仄(b)对平平仄仄平(B)，等等，早已经暗合近体诗的平仄格式了。到近体诗形成时，平仄对仗已经被多数诗人视为对仗的主要因素，所以违者较少。七言律诗失对的情况更为罕见。而近体诗失黏的情况，却数见不鲜。直至中唐这种情况还存在。

观察失对和失黏，主要看诗句的第二字。五言律句四种格式中的三种，第一字是可平可仄的。七言律句的第一字，全部是可平可仄的，所以，看第二字才能确定是符合了还是违反了黏对规则。

下面是失对的例子：

旌旗朝朔气，笳吹夜边声。（bB，杜审言）

且喜河南定，不问邺城围。（aA，杜甫）

雨频催发色，云轻不作阴。（bB，刘禹锡）

以下是失黏的例子：

于易水送人 ［唐］骆宾王

此地别燕丹，（A）
壮士发冲冠。（A）（失对）
昔时人已没，（b）（失黏）
今日水犹寒。（A）

长干行 ［唐］崔颢

君家何处住？（b）
妾住在横塘。（A）
停船暂借问，（b）（失黏）
或恐是同乡。（A）

送元二使安西 ［唐］王维

渭城朝雨浥轻尘，（A）
客舍青青柳色新。（B）
劝君更尽一杯酒，（a）（失黏）
西出阳关无故人。（B）

赠内　［唐］白居易

默默暗苔新雨地，（b）

微微凉露欲秋天。（A）

莫对月明思往事，（b）（失黏）

损君颜色减君年。（A）

送著作佐郎崔融等从梁王东征　［唐］陈子昂

金天方肃杀，（b）

白露始专征。（A）

王师非乐战，（b）（失黏）

之子慎佳兵。（A）

海气侵南部，（a）

边风扫北平。（B）

莫卖卢龙塞，（a）（失黏）

归邀麟阁名。（B）

早朝大明宫　［唐］贾至

银烛朝天紫陌长，（B）

禁城春色晓苍苍。（A）

千条弱柳垂青琐，（a）

百啭流莺绕建章。（B）

剑珮声随玉墀步，（b）

衣冠身惹御炉香。（A）

共沐恩波凤池上，（b）（失黏）

朝朝染翰侍君王。（A）

积雨辋川庄作 ［唐］王维

积雨空林烟火迟，（B）

蒸藜炊黍饷东菑。（A）

漠漠水田飞白鹭，（b）（失黏）

阴阴夏木啭黄鹂。（A）

山中习静观朝槿，（a）

松下清斋折露葵。（B）

野老与人争席罢，（b）

海鸥何事更相疑？（A）

（五）拗救

近体诗的平仄格式是为了保证诗篇韵律的和谐，违反了格律，就破坏了韵律的和谐，读起来拗戾不顺。所以，诗律家把违反近体诗平仄格式的情况称为“拗”。出现了“拗”，有三种应对办法。第一种，非关键位置上的字可平可仄的，可以不管。第二种，律诗中根本不允许的格式，比如“仄仄平平平”、“平平仄仄平平平”等句末三字尾“三连平”的格式，这种句子只能抛弃。第三种，有些格式虽然违反了近体诗的平仄规范，但是还能补救。拗救就是在不能完全按律句的要求配置平仄声的情况下尽量采取办法补救，使拗句尽可能地符合音乐性的要求。总起来说，一句诗当中，高昂悠长的平声字不能太少，平声字太少，诗句难免呃噎拗口。当律句该用平声字的地方不得已用了仄声字时，就要设法在适当的位置补足平声字，这就是“拗救”的实质。下面分别叙述近体诗平仄的“拗”和“救”。

上文已经谈到，五言律句有4种平仄格式：

①仄仄平平仄。

②平平仄仄平。

③仄平平仄仄。

④平仄仄平平。

考虑到某些非关键位置上的字平仄两可，所以，这四种律句也可以写成：

a 式　仄⃝仄平平仄

A式　平⃝仄仄平平

b 式　仄⃝平平仄仄

B式　平平仄仄平

七言律句也有4种平仄格式：

①平平仄仄平平仄

②仄仄平平仄仄平

③平仄仄平平仄仄

④仄平平仄仄平平

考虑到某些非关键位置上的字平仄两可，所以，这四种律句也可以写成：

a 式　平⃝平仄⃝仄平平仄

A式　仄⃝平平⃝仄仄平平

b 式　平⃝仄仄⃝平平仄仄

B式　仄⃝仄平平仄仄平

上文已经指出，五言律句的第三字，七言律句的第五字，除了A式句外，平仄也都可在一定的情况下变通。某些诗律家总结这种情况，提出两句口诀："一三五不论，二四六分明。"意思是说，近体诗的平仄格式，第一、第三（七言律句还有第五）个字是平仄不论的，第二、第四（七言律句还有第六）个字的平仄必须一字不苟。当然，五言律句的第五字，七言律句的第七字，处在句末的关键地位，必须严格合律，这是毋庸置疑的。

其实，“一三五不论，二四六分明”这两句口诀，只是近似地说明了近体诗平仄格式的变通情况。下面将看到，有些律句，一、三、五不可不论，二、四、六也并非不可变通。这就是“拗”“救”中会出现的情况。

1. B式句的“拗”和“救”

五言律句“平平仄仄平”的第一字，七言律句“㊀仄平平仄仄平”的第三字，只能用平声，不能用仄声。如果用了仄声，就成了拗句。这叫“犯孤平”，意思是句中（除韵脚外）只剩下孤零零的一个平声字。孤平是近体诗的大忌，犯了孤平必须“救”。救的方法是将B式五言律句的第三字、七言律句的第五字由仄声改为平声，使平声不“孤”：

平平仄仄平 → 仄平平仄平

㊀仄平平仄仄平 → ㊀仄仄平平仄平

例如：

故园芜欲平。（李商隐）

欲归翻旅游。（高适）

二毛伤虎贲。（刘禹锡）

暮禽相与还。（王维）

坐看云起时。（王维）（按：看，平声）

往来成古今。（孟浩然）

北风江上寒。（孟浩然）

远随流水香。（刘慎虚）

潘岳悼亡犹费词。（元稹）

笑问客从何处来。（贺知章）

未到晓钟犹是春。（贾岛）

长笛一声人倚楼。（赵嘏）

一任晚山相对愁。（程颢）

吹面不寒杨柳风。（释志南）

泪血染成红杜鹃。（高翥）

上冢亦携庞老家。（赵鼎）

2. b式句的“拗”和“救”

五言律句“（仄）平平仄仄”的第三字，七言律句“（平）仄（仄）平平仄仄”的第五字，只能用平声，不能用仄声。如果用了仄声，五言句只剩下一个平声字，七言句除句首外也只剩下一个平声字，就成了拗句，必须“救”。救的方法是，五言句的第四字，七言句的第六字由仄声改为平声。同时，五言句的第一字，七言句的第三字必须用平声：

（仄）平平仄仄 → 平平仄平仄

（平）仄（仄）平平仄仄 → （平）仄平平仄平仄

例如：

无为在歧路。（王勃）

回看射雕处。（王维）

情人怨遥夜。（张九龄）

无人信高洁。（骆宾王）

明朝望乡处。（宋之问）

红颜弃轩冕。（李白）

仍怜故乡水。（李白）

何时倚虚幌。（杜甫）

巫峡啼猿数行泪。（高适）

已忍伶俜十年事。（杜甫）

庾信平生最萧瑟。（杜甫）

千载琵琶作胡语。（杜甫）

伯仲之间见伊吕。（杜甫）

正是江南好风景。（杜甫）

为问元戎窦车骑。（皇甫冉）

苦恨年年压金线。（秦韬玉）

近体诗中b式句拗而又救的形式，几乎跟标准的b式句一样常见，王力《汉语诗律学》用b’标志这种句子。b’式在黏对规则中可以任意取代b式，但是在尾联出句中用得最多。

上述B式句和b式句的拗和救，都是在本句内部发生的，所以称为“本句救”。近体诗中也有出句拗而在对句救的，称为“对句救”，下述a式句的拗救便是如此。

3. a式句的“拗”和“救”

五言律句“㊀仄平平仄”的第三字，七言律句“㊉平㊀仄平平仄”的第五字，只能用平声，不能用仄声。如果用了仄声，就成了拗句。这种拗句本句无法自救。试想，若将五言句的第二字的仄声改为平声，就改变了该句在“黏对”中的地位（黏对主要看第二字），引起整首诗平仄格式的混乱；若将末字改为平声，则这个句子根本就不能放在奇句。因此，a式句的“拗”，只能由对句B式句来救。救的方法是将相对B式句五言的第三字、七言的第五字由仄声改为平声：

㊀仄平平仄，平平仄仄平 → ㊀仄仄平仄，平平平仄平

㊉平㊀仄平平仄，㊀仄平平仄仄平 → ㊉平㊀仄仄平仄，㊀仄平平平仄平

例如：

促织甚微细，哀鸣何动人。（杜甫）

花隐掖垣暮，啾啾栖鸟过。（杜甫）

赤日石林气，青天江海流。（杜甫）

落日放船好，轻风生浪迟。（杜甫）

落日鸟边下，秋原人外闲。（王维）

吾爱孟夫子，风流天下闻。（李白）

挥手自兹去，萧萧班马鸣。（李白）

谁念北楼上，临风怀谢公。（李白）

晴川历历汉阳树，芳草萋萋鹦鹉洲。（崔颢）

春潮带雨晚来急，野渡无人舟自横。（韦应物）

星辰冷落碧潭水，鸿雁悲鸣红蓼风。（戴复古）

平分秋色一轮满，长伴云衢千里明。（李朴）

这种对句相救的模式，常常跟上述第（1）类B式句本句自救的情况结合起来，成为B式句既自救，又救出句a的模式：

㊀仄平平仄，平平仄仄平 → ㊀仄仄平仄，仄平平仄平

㊉平㊀仄平平仄，㊀仄平平仄仄平 → ㊉平㊀仄仄平仄，㊀仄仄平平仄平

例如：

薄宦梗犹泛，故园芜欲平。（李商隐）

行到水穷处，坐看云起时。（王维）

木落雁南渡，北风江上寒。（孟浩然）

时有落花至，远随流水香。（刘慎虚）

共君今夜不须睡，未到晓钟犹是春。（贾岛）

残星几点雁横塞，长笛一声人倚楼。（赵嘏）

身经两世太平日，眼见四朝全盛时。（邵雍）

沾衣欲湿杏花雨，吹面不寒杨柳风。（释志南）

纸灰飞作白蝴蝶，泪血染成红杜鹃。（高翥）

禁烟不到粤人国，上冢亦携庞老家。（赵鼎）

a式拗句不但五言第三字、七言第五字用仄声，甚至可能五言第四字、七言第六字也用仄声，但是救的方法仍然只能在对句B式句的五言第三字、七言第五字用平声，五言第四字、七言第六字不能改平声。如果改平声，则将出现句末的“三连平”，使B式句本身变成拗句了。a式句五言第四字，七言第六字拗的例子如：

人事有代谢，往来成古今。（孟浩然）

万籁此俱寂，惟闻钟磬声。（常建）

南朝四百八十寺，多少楼台烟雨中。（杜牧）

一身报国有万死，双鬓向人无再青。（陆游）

拗和救的结果，出现了“平仄平”和“仄平仄”的三字尾。a式拗句甚至有“仄仄仄”的三字尾。这些拗句形式，在近体诗中可以有条件地出现。只有“孤平”和“三连平”的三字尾，是近体诗绝对不允许的。

第4章

声韵古拗，别具一格——古风

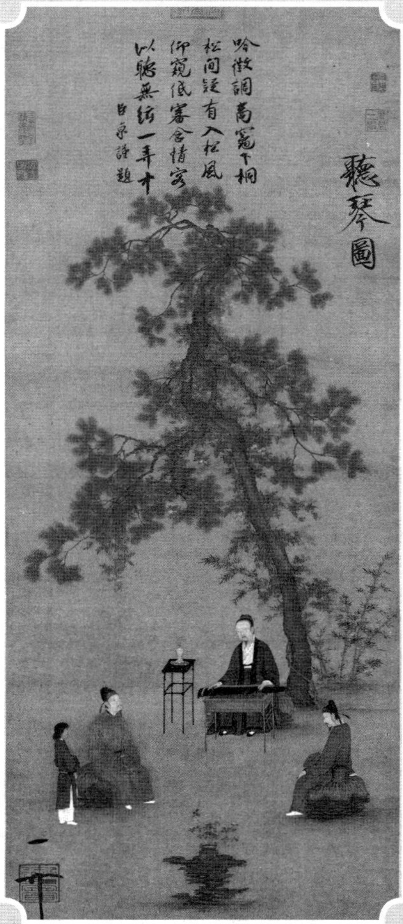

北宋·赵佶　听琴图

狭义的格律本来是对近体诗而言的，古体诗本来没有特殊的格律规定。观察汉魏六朝的古诗，鸿篇巨制的有《焦仲卿妻》，篇幅短小的如《江南曲》、《猛虎行》；字数整齐的如古诗十九首，字数参差的如《战城南》、《有所思》；一韵到底的如《柏梁诗》、《燕歌行》，换韵频繁的如《瓠子歌》、《朔风诗》；不讲究平仄对仗的诗篇固然俯拾皆是，但像“羁鸟恋旧林，池鱼思故渊”（陶渊明）、“池塘生春草，园柳变鸣禽”（谢灵运）这样精心的对仗，“孤魂翔故域平平平仄仄，灵柩寄京师平仄仄平平”、“始**出**严霜**结**仄仄平平仄，今来**白**露晞平平仄仄平”（曹植）这样和谐的音律，也往往有之。唐代近体诗兴起之后，诗人们仍然大量写作古体诗，并称之为“古风”。在近体诗格律的背景下，古风受到两个方面的影响。一方面是，有的诗人为了使自己的古风更具“古”意，便尽量使它跟近体诗有所区别，所以在诗篇的字数、句数、节奏、押韵、平仄、骈散等方面避免跟近体诗雷同。这种古风可以称为“拟古的古风”。另一方面，有的诗人却在近体诗格律的影响下，在古风创作中也重视形式的整齐，有意识地造成一些格式，当然是有别于近体诗格律的另外的格式。这种古风可以称为“仿律的古风”。下面简单介绍这两类古风的特点。

（一）古风的句数、字数、节奏

1. 古风的句数

同近体诗不同，古风的篇幅是没有规定的，所以每首诗的句数完全是随意的。近体诗的句数必成双，古风的句数，多数也是成双的，但是，也有句数不成双的古风。句数不成双的古风，其中必有句子跟前边或后边的句子不能构成联。这样的句子叫作“畸零句”。句数不成双的古风中一定有畸零句，但有畸零句的古风不一定句数不成双。

如果有两个或四个、六个……畸零句，整首诗篇句数仍然可以成双。如：

白纻辞　［唐］李白

吴刀翦彩缝舞衣，明妆丽服夺春晖。
扬眉转袖若雪飞。
倾城独立世所稀。
激楚结风醉忘归，高堂月落烛已微。
玉钗挂缨君莫违。（7句，3个畸零句）

饮中八仙歌　［唐］杜甫

知章骑马似乘船，眼花落井水底眠。
汝阳三斗始朝天，道逢麹车口流涎。
恨不移封向酒泉。
左相日兴费万钱，饮如长鲸吸百川。
衔杯乐圣称世贤。
宗之潇洒美少年，举觞白眼望青天。
皎如玉树临风前。
苏晋长斋绣佛前，醉中往往爱逃禅。
李白一斗诗百篇，长安市上酒家眠。
天子呼来不上船，自称臣是酒中仙。
张旭三杯草圣传，脱帽露顶王公前。
挥毫落纸如云烟。
焦遂五斗方卓然，高谈雄辩惊四筵。（22句，4个畸零句）

2. 古风的字数

古风每句字数整齐的占多数。最常见的是五言，其次是七言。偶然也有四言古风，多为模仿《诗经》而作。有些古风每句字数不等，称为“杂言诗”。近体诗只有五七言的，所以杂言诗是古风特有的形式。唐代杂言诗多数是以七言为主，杂以三言、五言句。所以《唐诗三百首》将杂言诗都归到七言古风一类中去。例如杜甫《兵车行》基本上是七言诗，但是起首是三言句“车辚辚，马萧萧”，中间有“信知生男恶，反是生女好”等五言句。李白《将进酒》也基本上是七言诗，中间杂有“岑夫子，丹丘生，将进酒，杯莫停，与君歌一曲”等三五言句。七言古风中常见一种句首套语“君不见”，可以加在三言句、五言句或七言句头上。如杜甫《兵车行》“君不见青海头，古来白骨无人收”，高适《燕歌行》“君不见沙场征战苦，至今犹忆李将军”，李白《将进酒》“君不见黄河之水天上来，奔流到海不复回。君不见高堂明镜悲白发，朝如青丝暮成雪”，等等。

有一些有意模仿古代骚体诗或乐府诗的杂言诗每句字数变化较多，如李白《梦游天姥吟留别》，虽然以七言为主，但五言句也不少，还有像“云青青兮欲雨，水澹澹兮生烟。列缺霹雳，丘峦崩摧”、“云之君兮纷纷而来下”、“安能摧眉折腰事权贵”等等四言、六言、九言句。而李白《蜀道难》的句式则更变幻莫测，有些地方几乎与散文接近了。

3. 古风的节奏

诗句的节奏，近体诗的共同特点是诗句由双音节音步开头、三字尾结束。汉代以后，五七言诗取代《诗经》《楚辞》的诗体，成为诗歌的主流，汉语诗歌节奏的特点发生了变化，那就是三字尾取代了二字尾。《诗经》的诗句以四言为主，节奏类型是二字尾结束：× ×

×× 。《楚辞》的诗句，如果不管句末的虚字，那么节奏也是以二字尾为主。比如《离骚》“帝 高阳 之 苗裔（兮），朕 皇考 曰 伯庸”，“路漫漫 其 修远（兮），吾将 上下 而 求索”。《楚辞》中也出现了一些三字尾的诗句，如《湘夫人》“沅有芷（兮）澧有兰，思公子（兮）未敢言”，《少司命》“登九天（兮）抚彗星，竦长剑（兮）拥幼艾”等等。这些诗句开启了汉代以后诗句三字尾的先河。但是在汉魏六朝时代，二字尾的节奏在诗歌中并没有绝迹。不但尚有许多四言诗，就是五言诗中也还有不少二字尾的句子。比如曹操《苦寒行》“羊肠坂 诘屈”，《薤露》“沐猴 而 冠带，知小 而 谋强”，曹植《圣皇篇》“思 一效 筋力，糜躯 以 报国”，徐干《室思》“人 靡不 有初”，张翰《杂诗》“荣与 壮 俱去，贱 与 老 相寻”，等等。

近体诗五言句的节奏不管是×× × ××还是×× ×× ×，七言句不管是×× ×× × ××还是×× ×× ×× ×，总是双音节音步开头、三字尾结束。如果从这一点而言，五言律句的节奏可以先切分为×× ×××，七言律句的节奏可以先切分为×× ×× ×××。那种××× ××、× ×× ××和×× ××× ××、× ×× ×× ××的节奏，在近体诗中是不被接受的。因此，唐代以下那种故意拟古的古风，常常在篇中掺入单字头、二字尾的诗句，以见其古拗。比如杜甫《北征》“闰 八月 初吉”，元结《贼退示官吏》“岂 不如 贼焉”，韩愈《陆浑火山》“命 黑螭 侦焚 其元”，李商隐《韩碑》“汝 从事 愈宜 为辞”，文天祥《正气歌》“为 严将军 头，为 嵇侍中 血，为 张睢阳 齿，为 颜常山 舌”，等等。而那种仿律的古风，则尽量避免这类拗口的诗句，采用跟近体诗同样的节奏。

（二）古风的押韵

古风的押韵跟近体诗有诸多不同。下面介绍五个主要的不同之处。

1. 古风的押韵不限于平声

古风押韵也可以押上声、去声或入声韵。但是，不同的声调原则上是不能通押的。比如：

春思 ［唐］李白

燕草如碧丝，秦桑低绿枝。
当君怀归日，是妾断肠时。
春风不相识，何事入罗帏。（平声）

望岳 ［唐］杜甫

岱宗夫如何？齐鲁青未了。
造化钟神秀，阴阳割昏晓。
荡胸生层云，决眦入归鸟。
会当凌绝顶，一览众山小。（上声）

梦李白 ［唐］杜甫

浮云终日行，游子久不至。
三夜频梦君，情亲见君意。
告归常局促，苦道来不易。
江湖多风波，舟楫恐失坠。
出门搔白首，若负平生志。
冠盖满京华，斯人独憔悴。

孰云网恢恢，将老身反累。
千秋万岁名，寂寞身后事。（去声）

感遇　［唐］张九龄

兰叶春葳蕤，桂华秋皎洁。
欣欣此生意，自尔为佳节。
谁知林栖者，闻风坐相悦。
草木有本心，何求美人折。（入声）

2. 古风的押韵可以换韵

在拟古的古风里，换韵是随意的。隔多远换一次韵，共换几次韵，换什么韵，都是随意的。比如：

古意　［唐］李颀

男儿事长征，少小幽燕客。
赌胜马蹄下，由来轻七尺。
杀人莫敢前，须如猬毛磔。（入声韵）
黄云陇底白云飞，未得报恩不得归。（平声韵）
辽东小妇年十五，惯弹琵琶解歌舞。
今为羌笛出塞声，使我三军泪如雨。（上声韵）

长干行　［唐］李白

妾发初覆额，折花门前剧。（入声韵）
郎骑竹马来，绕床弄青梅。
同居长干里，两小无嫌猜。

十四为君妇，羞颜未尝开。
低头向暗壁，千唤不一回。
十五始展眉，愿同尘与灰。
常存抱柱信，岂上望夫台。
十六君远行，瞿塘滟滪堆。
五月不可触，猿声天上哀。
门前迟行迹，一一生绿苔。（平声韵）
苔深不能扫，落叶秋风早。
八月蝴蝶黄，双飞西园草。
感此伤妾心，坐愁红颜老。（上声韵）
早晚下三巴，预将书报家。
相迎不道远，直至长风沙。（平声韵）

月漉漉篇 ［唐］李贺

月漉漉，波烟玉。
莎青桂花繁，芙蓉别江木。（入声屋韵）
粉态袷罗寒，雁羽铺烟湿。
谁能看石帆？乘船镜中入。（入声缉韵）
秋白鲜红死，水香莲子齐。
挽菱隔歌袖，绿刺罥银泥。（平声韵）

但是，在仿律的古风中，诗人们在换韵方面苦心孤诣，创造出了一些新的规则，换韵就呈现出整齐的格局。这些规则中最主要的是两条：①平仄韵交替互换；②等距离换韵。比如：

走马川行奉送封大夫出师西征　［唐］岑参

君不见走马川行雪海边，平沙莽莽黄入天。（平声韵）
轮台九月夜风吼，一川碎石大如斗，
随风满地石乱走。（换仄声（上声）韵）
匈奴草黄马正肥，金山西见烟尘飞，
汉家大将西出师。（换平声韵）
将军金甲夜不脱，半夜军行戈相拨，
风头如刀面如割。（换仄声（入声）韵）
马毛带雪汗气蒸，五花连钱旋作冰，
幕中草檄砚水凝。（换平声韵）
虏骑闻之应胆慑，料知短兵不敢接，
车师西门伫献捷。（换仄声（入声）韵）

其中，最常见的是四句一换韵，平仄韵相间的七言古风。比如：

古从军行　［唐］李颀

白日登山望烽火，黄昏饮马傍交河。
行人刁斗风沙暗，公主琵琶幽怨多。（平声韵）
野云万里无城郭，雨雪纷纷连大漠。
胡雁哀鸣夜夜飞，胡儿眼泪双双落。（换仄声（入声）韵）
闻道玉门犹被遮，应将性命逐轻车。
年年战骨埋荒外，空见蒲桃入汉家。（换平声韵）

洛阳女儿行　［唐］王维

洛阳女儿对门居，才可颜容十五余。

良人玉勒乘骢马，侍女金盘脍鲤鱼。（平声韵）
画阁珠楼尽相望，红桃绿柳垂檐向。
罗帏送上七香车，宝扇迎归九华帐。（换仄声（去声）韵）
狂夫富贵在青春，意气骄奢剧季伦。
自怜碧玉亲教舞，不惜珊瑚持与人。（换平声韵）
春窗曙灭九微火，九微片片飞花琐。
戏罢曾无理曲时，妆成只是熏香坐。（换仄声（上声）韵）
城中相识尽繁华，日夜经过赵李家。
谁怜越女颜如玉，贫贱江头自浣纱。（换平声韵）

3. 古风的押韵有邻韵通押现象

前文已经介绍了近体诗押韵的规则。近体诗的押韵是不允许出韵的。只有首句入韵的，可以借用邻韵字。而一部分古风用邻韵，则是出于由拟古造成的误解。古韵跟唐韵分部是有出入的，比如古诗十九首中《迢迢牵牛星》一首，押“女杼雨许语”五字，其中“女杼许语”四字在平水韵属上声“六语”韵，“雨”属上声“七麌”韵；“凛凛岁云暮”一首，押“悲衣违辉绥归闱飞晞扉”十字，其中“衣违辉归闱飞晞扉”八字在平水韵属平声“五微”韵，“悲绥”二字属平声“四支”韵。后人就误以为古诗就是可以邻韵通押的。其实，“悲绥”跟“衣违辉归闱飞晞扉”一样上古都是“微部”字，“雨”跟“女杼许语”一样都是“鱼部”字。在汉朝人而言，本来谈不上通押这么一回事。唐人出于误解造成的拟古心理，就造成了一部分古风中邻韵通押的现象。比如：

田家杂兴　［唐］储光羲

众人耻贫贱，相与尚膏腴。（虞韵）
我情既浩荡，所乐在畋渔。（鱼韵）
山泽时晦暝，归家暂闲居。（鱼韵）
满园植葵藿，绕屋树桑榆。（虞韵）
禽雀知我闲，翔集依我庐。（鱼韵）
所愿在优游，州县莫相呼。（虞韵）
日与南山老，兀然倾一壶。（虞韵）

佳人　［唐］杜甫

绝代有佳人，幽居在空谷。（屋韵）
自云良家子，零落依草木。（屋韵）
关中昔丧乱，兄弟遭杀戮。（屋韵）
高官何足论，不得收骨肉。（屋韵）
世情恶衰歇，万事随转烛。（沃韵）
夫婿轻薄儿，新人美如玉。（沃韵）
合昏尚知时，鸳鸯不独宿。（屋韵）
但见新人笑，那闻旧人哭。（屋韵）
在山泉水清，出山泉水浊。（觉韵）
侍婢卖珠回，牵萝补茅屋。（屋韵）
摘花不插发，采柏动盈掬。（屋韵）
天寒翠袖薄，日暮倚修竹。（屋韵）

青溪　［唐］王维

言入黄花川，每逐青溪水。（纸韵）

随山将万转，趣途无百里。（纸韵）
声喧乱石中，色静深松里。（纸韵）
漾漾泛菱荇，澄澄映葭苇。（尾韵）
我心素已闲，清川澹如此。（纸韵）
请留磐石上，垂钓将已矣。（纸韵）

古风押韵除了邻韵通押之外，还有一种上声和去声通押的现象。汉语中不少字本来就有上声、去声两读的情况，比如种（种子，上声；种植，去声）、累（积累，上声；连累，去声）、散（零散，上声；解散，去声）、转（转移，上声；转圈，去声）、少（多少，上声；年少，去声）、好（好处，上声；爱好，去声）、倒（仆倒，上声；倒影，去声）、假（真假，上声；假期，去声）等等，容易造成上去声偶尔相混的情况。中唐以后，汉语中全浊声母的上声字与去声合流，混而不分，所以，盛唐以前即使纯用上声字押韵的诗篇，人们读来也好像是上去通押似的。所以，中晚唐以后，上去通押的现象就多了起来。比如：

嘲雪 ［唐］李贺

昨日发葱岭，今朝下兰渚。（上声）
喜从千里来，乱笑含春语。（上声）
龙沙湿汉旗，凤扇迎秦素。（去声）
久别辽城鹤，毛衣已应故。（去声）

高平县东私路 ［唐］李贺

侵侵槲叶香，木花滞寒雨。（上声）
今夕山上秋，永谢无人处。（去声）

石溪远荒涩，棠实悬辛苦。（上声）
古者定幽寻，呼君作私路。（去声）

4. 古风押韵不限于偶句

近体诗偶句必押韵，奇句除了首句可以入韵外，都是不押韵的。而古风则不然。古风奇句押韵是常见的。奇句押韵的情况有以下几种：

（1）句句押韵

《诗经》中，句句押韵的诗篇很多。两汉以后，仍然有句句押韵的诗。既然句句押韵，自然不分奇句、偶句，都是有韵的了。七言诗的起源很早，传说汉武帝曾跟群臣在柏梁台联句，汉武帝说了第一句，群臣按第一句的韵脚一人做一句七言诗。后人遂把这种句句押韵、押平声韵、一韵到底的七言诗叫作“柏梁体”。柏梁体开创了早期七言诗的传统，所以早期七言诗都是句句押韵的。比如张衡的《四愁诗》、曹丕的《燕歌行》等等。唐代七言古风句句押韵的很多，比如上文所引杜甫的《饮中八仙歌》、岑参的《走马川行》二诗，就是句句押韵的七言古风。杜甫的《饮中八仙歌》还是押平声韵、一韵到底的“柏梁体”。五言古风极少有句句押韵的。

（2）畸零句

五言古风中极少见到畸零句。畸零句是七言古诗的传统。《柏梁台诗》共25句，句句孤立，不与邻句结构成联。古风中的畸零句都是押韵的。畸零句使整首诗不能形成两句一联的格局，使押韵的句子不一定处在偶句位置上。杂言诗中也容易有畸零句。比如：

茅屋为秋风所破歌 ［唐］杜甫

八月秋高风怒号，卷我屋上三重茅。
茅飞渡江洒江郊。（畸零句，押韵）
高者挂罥长林梢，下者飘转沉塘坳。（平声肴豪通韵）
南村群童欺我老无力，忍能对面为盗贼。
公然抱茅入竹去，唇焦口燥呼不得。
归来倚杖自叹息。（畸零句，押韵）
俄顷风定云墨色，秋天漠漠向昏黑。（入声职韵）
布衾多年冷似铁，娇儿恶卧踏里裂。
床头屋漏无干处，雨脚如麻未断绝。
自经丧乱少睡眠，长夜沾湿何由彻。（入声屑韵）
安得广厦千万间，大庇天下寒士俱欢颜。
风雨不动安如山。（畸零句，押韵）（平声删韵）
呜呼！何时眼前突兀见此屋，吾庐独破受冻死亦足！
（入声屋沃通韵）

（3）首句入韵

近体诗也有首句入韵的，但是近体诗不能换韵，所以，至多只可能有篇首的一个奇句韵。而古风是可以换韵的，换韵的首句入韵，就造成了除篇首外的奇句韵。五言古风，篇首以不入韵为常，换韵的首句有入韵的，也有不入韵的。七言古风，篇首和换韵的首句以入韵为正规。例如：

月下独酌 ［唐］李白

花间一壶酒（首句不入韵），独酌无相亲。
举杯邀明月，对影成三人。

月既不解饮，影徒随我身。
暂伴月将影，行乐须及春。（平声真韵）
我歌月徘徊（换韵首句不入韵），我舞影零乱。
醒时同交欢，醉后各分散。
永结无情游，相期邈云汉。（去声翰韵）

戏简郑广文兼呈苏司业源明　［唐］杜甫

广文到官舍（首句入韵），系马堂阶下。
醉则骑马归，颇遭官长骂。（去声祃韵）
才名三十年（换韵首句入韵），坐客寒无毡。
赖有苏司业，时时与酒钱。（平声先韵）

白雪歌　［唐］岑参

北风卷地白草折（首句入韵），胡天八月即飞雪。（入声屑韵）
忽如一夜春风来（换韵首入），千树万树梨花开。（平声灰韵）
散入珠帘湿罗幕（换韵首入），狐裘不暖锦衾薄。
将军角弓不得控，都护铁衣冷犹著。（入声药韵）
瀚海阑干百丈冰（换韵首入），愁云惨淡万里凝。（平声蒸韵）
中军置酒饮归客（换韵首入），胡琴琵琶与羌笛。（入声陌锡通韵）
纷纷暮雪下辕门（换韵首入），风掣红旗冻不翻。（平声元韵）
轮台东门送君去（换韵首入），去时雪满天山路。
山回路转不见君，雪上空留马行处。（去声御遇通韵）

5. 用同一字重复押韵

古风押韵有用同一个字重复押韵的现象。比如上引杜甫《饮中八仙歌》，韵脚用“船”字2次，“眠”字2次，“天”字2次，“前”字3次。近体诗韵脚字是不能重复用的，即使是几十韵、上百韵的长律，也是如此。

（三）古风的对仗

大体上说，拟古的古风，以不用对仗的为多；仿律的古风，以用对仗的为多。从另一个角度说，模仿“柏梁体”的一韵到底的七言古风，基本上都是不用对仗的；换韵的七言古风，则常见用对仗的。而五言古风，用不用对仗则随诗人的兴致而定。有全篇不用对仗的，也有偶尔用对仗的，也有对仗用得较多的。

1. 对仗在古风中没有一定的位置

对仗的位置，近体诗中间两联以对为常，首联比较随意，尾联以不对为常。古风即使用对仗，其对仗也没有一定的位置。大体上结尾两句总是不用对仗的多。比如：

送别 ［唐］王维

下马饮君酒，问君何所之。
君言不得意，归卧南山陲。
但去莫相问，白云无尽时。

（全篇不用对仗）

秋登兰山寄张五 ［唐］孟浩然

北山白云里，隐者自怡悦。
相望试登高，心随雁飞灭。
愁因薄暮起，兴是清秋发。（对仗）

时见归村人，沙行渡头歇。
天边树若荠，江畔洲如月。（对仗）
何当载酒来，共醉重阳节。

哀王孙　［唐］杜甫

长安城头头白乌，夜飞延秋门上呼。
又向人家啄大屋，屋底达官走避胡。
金鞭断折九马死，骨肉不待同驰驱。
腰下宝玦青珊瑚，可怜王孙泣路隅。
问之不肯道姓名，但道困苦乞为奴。
已经百日窜荆棘，身上无有完肌肤。
高帝子孙尽隆准，龙种自与常人殊。
豺狼在邑龙在野，王孙善保千金躯。
不敢长语临交衢，且为王孙立斯须。
昨夜东风吹血腥，东来橐驼满旧都。
朔方健儿好身手，昔何勇锐今何愚。
窃闻天子已传位，圣德北服南单于。
花门剺面请雪耻，慎勿出口他人狙。
哀哉王孙慎勿疏，五陵佳气无时无。

（一韵到底，全篇不用对仗）

桃源行　［唐］王维

渔舟逐水爱山春，两岸桃花夹古津。
坐看红树不知远，行尽青溪忽值人。（平声真韵）（对仗）
山口潜行始隈隩，山开旷望旋平陆。　（对仗）

遥看一处攒云树，近入千家散花竹。（对仗）

樵客初传汉姓名，居人未改秦衣服。（入声屋韵）（对仗）

居人共住武陵源，还从物外起田园。

月明松下房栊静，日出云中鸡犬喧。（平声元韵）（对仗）

惊闻俗客争来集，竞引还家问都邑。

平明闾巷扫花开，薄暮渔樵乘水入。（入声缉韵）（对仗）

初因避地去人间，及至成仙遂不还。

峡里谁知有人事，世中遥望空云山。（平声删韵）（对仗）

不疑灵境难闻见，尘心未尽思乡县。

出洞无论隔山水，辞家终拟长游衍。（对仗）

自谓经过旧不迷，安知峰壑今来变。（去声霰韵）（对仗）

当时只记入山深，青溪几度到云林。

春来遍地桃花水，不辨仙源何处寻。（平声侵韵）（结尾不对仗）

从王维的这首诗可以看出，换韵的七言古风，在新开始一个韵的第二联及以后的联，往往是用对仗的。

2. 古风的对仗不求“工”而求“拙、拗”

古风的对仗不尚求“工”，反而求“拙、拗”。唯其“拙、拗”，方见古朴。所以，除了仿律的古风之外，一般古风的对仗不避同字、句子结构不一定完全对称，词性、义类不甚讲究完全一致。诗句的平仄也不用律句而用拗句（详下）。以下是唐代诗人古风中的一些联语：

月既不解饮，影徒随我身。（李白《月下独酌》）

夫婿轻薄儿，新人美如玉。（杜甫《佳人》）

松月生夜凉，风泉满清听。（孟浩然《宿业师山房》）

俯饮一杯酒，仰聆金玉章。（韦应物《郡斋雨中》）

以上前对后不对

野老念牧童，倚杖候荆扉。（王维《渭川田家》）

登临出世界，蹬道盘虚空。（岑参《与高适薛据登慈恩寺浮图》）

海上风雨至，逍遥池阁凉。（韦应物《郡斋雨中与诸文士燕集》）

涧底束荆薪，归来煮白石。（韦应物《寄全椒山中道士》）

以上后对前不对

但见新人笑，那闻旧人哭。（杜甫《佳人》）

在山泉水清，出山泉水浊。（杜甫《佳人》）

死别已吞声，生别常恻恻。（杜甫《梦李白》）

魂来枫林青，魂返关塞黑。（杜甫《梦李白》）

我歌月徘徊，我舞影零乱。（李白《月下独酌》）

以上同字相对

冠盖满京华，斯人独憔悴。（杜甫《梦李白》）

贱日岂殊众，贵来方悟稀。（王维《西施咏》）

既至金门远，孰云吾道非。（王维《送綦毋潜落第还乡》）

晚风吹行舟，花路入溪口。（綦毋潜《春泛若耶溪》）

杨柳散和风，青山澹吾虑。（韦应物《东郊》）

汲井漱寒齿，清心拂尘服。（柳宗元《晨诣超师院读禅经》）

以上结构、词性、义类不对

朝为越溪女，暮作吴宫妃。（王维《西施咏》）

临行密密缝，意恐迟迟归。（孟郊《游子吟》）

四角碍白日，七层摩苍穹。（岑参《与高适薛据登慈恩寺浮图》）

江淮度寒食，京洛缝春衣。（王维《送綦毋潜落第还乡》）

以上用拗句对

3. 仿律古风的对仗不避工整

但在仿律的古风中，对仗却是不避工整，有些联语如果不是平仄稍违近体诗格律，真可以置之律诗中而毫不逊色；有些则完全符合近体诗的平仄格式。比如：

兰叶春葳蕤，桂华秋皎洁。（张九龄《感遇》）

绿竹入幽径，青萝拂行衣。（李白《下终南山》）

造化钟神秀，阴阳割昏晓。（杜甫《望岳》）

声喧乱石中，色静深松里。（王维《青溪》）

荷风送香气，竹露滴清响。（孟浩然《夏日南亭怀辛大》）

草色新雨中，松声晚窗里。（丘为《寻西山隐者不遇》）

茅亭宿花影，药院滋苔纹。（常建《宿王昌龄隐居》）

人归山郭暗，雁下芦洲白。（韦应物《夕次盱眙县》）

一声已动物皆静，四座无言星欲稀。（李颀《琴歌》）

云来气接巫峡长，月出寒通雪山白。（杜甫《古柏行》）

崔嵬枝干郊原古，窈窕丹青户牖空。（杜甫《古柏行》，律联）

校尉羽书飞瀚海，单于猎火照狼山。（高适《燕歌行》，律联）

良人玉勒乘骢马，侍女金盘脍鲤鱼。（王维《洛阳女儿行》，律联）

金屋妆成娇侍夜，玉楼宴罢醉和春。（白居易《长恨歌》，律联）

（四）古风的平仄

近体诗产生之前，诗人做诗只是依据自己的感觉，吟咏妥帖了，诗就做成了。所以汉魏六朝的古诗中，既有跟近体诗律句平仄暗合的句子（如古诗十九首中“西北有高楼平仄仄平平”是律句，“谁能为此曲，无乃杞梁妻平平平仄仄，平仄仄平平”是律联），也有大量不“合律”的句子。“合律”与否，都是自然的，不是故意的。唐以后的古风则不同。近体诗产生以后，它的平仄格律对古风是有影响的。尽管有的诗人做古风完全模仿六朝以前的传统做法，根本不管平仄，比如李白、杜甫的五言古风和杜甫、韩愈的七言古风；但是很多诗人（如王维、王昌龄、孟浩然等）则尽量避免让古风跟近体诗雷同。避免跟近体诗雷同的方法很多，比如押仄声韵（近体诗只押平声韵）、换韵（近体诗一韵到底）、使用拗句而不用律句，等等。尤其在押平声韵又不换韵的古风中，使用拗句更是区别于近体诗的最主要手段。这样，苦心孤诣的避免格律，无意之中又造成了一套与格律类似的规矩（有的诗律家称之为“别律”）。这一派诗人的古风，可以叫作“仿律”的古风，以区别于纯粹“拟古”的古风。

1. 五言古风的平仄

仿律的古风所使用的拗句的平仄格式，正是律句尽量要避免的形式。在“近体诗的平仄”一章里，已说过五言律句的特征有三点：

①律句三字尾的平仄格式只有“平平仄、仄仄平、平仄仄、仄平平”四种，没有“平平平、仄仄仄、平仄平、仄平仄”的形式；

②B式句不允许“孤平”（“仄平仄仄平”）；

③五言律句的第二、第四字平仄总是相反的。

与此相反，五言古风所使用的拗句，特别喜欢“平平平、仄仄仄、平仄平、仄平仄”的三字尾，如果句末三字的平仄为“平平仄、仄仄平、平仄仄、仄平平”，与近体诗雷同，则要使整句的平仄出现“孤平”，或使第二、第四字平仄相同。比如：

江南有丹橘，经冬犹绿林。（平平仄平仄，平平平仄平。）（张九龄《感遇》）

远树带行客，孤城当落晖。（仄仄仄平仄，平平平仄平。）（王维《送綦毋潜落第还乡》）

吾谋适不用，勿谓知音稀。（平平仄仄仄，仄仄平平平。）（王维《送綦毋

潜落第还乡》)

北山白云里，隐者自怡悦。(仄平仄平仄，仄仄仄平仄。)(孟浩然《秋登兰山寄张五》)

我心素已闲，清川澹如此。(仄平仄仄平，平平仄平仄。)(王维《青溪》)

南登秦望山，极目大海空。(平平平仄平，仄仄仄仄平。)(薛据《登秦望山》)

静然顾遗尘，千载如昨朝。(仄平仄平平，平仄平仄平。)(高适《同群公秋登琴台》)

五言古风的平仄虽然尽量避免跟近体诗的格律雷同，但是在有一点上却跟近体诗完全一样，那就是“黏对”。五言古风的黏对也以每句的第二字为准。

送别 ［唐］王维

下马饮君酒，问君何所之。(仄仄仄平仄，仄平平仄平。)
君言不得意，归卧南山陲。(平平仄仄仄，平仄平平平。)
但去莫复问，白云无尽时。(仄仄仄仄仄，仄平平仄平。)
(押平声韵，全篇黏对)

同从弟南斋玩月忆山阴崔少府 ［唐］王昌龄

高卧南斋时，开帷月初吐。(平仄平平平，平平仄平仄)
清辉澹水木，演漾在窗户。(平平仄仄仄，仄仄仄平仄)
荏苒几盈虚，澄澄变今古。(仄仄仄平平，平平仄平仄)
美人清江畔，是夜越吟苦。(仄平平平仄，仄仄仄平仄)
千里共如何，微风吹兰杜。(平仄仄平平，平平平平仄)
(押仄声韵，全篇黏对)

当然，古风的黏对，不如近体诗的黏对规则严格，不黏不对的情况也是不少的。

如果古风中出现了一个律句，那么，同一联与之相对的一句必须用拗句，以避免出现完全符合近体诗格律的“律联”。见上述王昌龄《同从弟南斋玩月忆山阴崔少府》诗“荏苒”、“千里”两联。又如：

相望试登高，心随雁飞灭。（平仄仄平平，平平仄平仄）（孟浩然《秋登兰山寄张五》）

邀人傅脂粉，不自著罗衣。（平平仄平仄，仄仄仄平平）（王维《西施咏》）

这一点，跟近体诗的“拗救”非常相似，只不过，近体诗是出现了拗句需要救，而古风是出现了律句才需要“救”。

2. 七言古风的平仄

七言古风的平仄与五言古风一样，以“平平平、仄仄仄、平仄平、仄平仄”四种三字尾为特征。而当出现“平平仄、仄仄平、平仄仄、仄平平”四种三字尾时，要通过调节前四字的平仄使他们成为拗句，比如“孤平”句（㊣仄仄平仄仄平），或使第二、第四字平仄相同，或第四、第六字平仄相同，比如：

商声寥亮羽声苦，江天寂历江枫秋。（平平平仄仄平仄，平平仄仄平平平。）（刘长卿《听笛歌》）

樗蒲百金每一掷，平生有钱将与人。（平平仄平仄仄仄，平平仄平平仄平。）（岑参《送费子归武昌》）

美人娟娟隔秋水，濯足洞庭望八荒。（仄平平平仄平仄，仄仄仄平仄仄平。）（杜甫《寄韩谏议注》）

斯须九重真龙出，一洗万古凡马空。（平平仄平平平仄，仄仄仄仄平仄平。）（杜甫《丹青引赠曹将军霸》）

七言古风的黏对，比五言古风更宽松。全篇没有失黏和失对的七言古风几乎很难找到。

在近体诗里，奇句，也就是每一联的出句，其末字一定是仄声，只有首句的末字是可平可仄的。而在古风中，情况却有不同。古风既有押平声韵的，也有押仄声韵的，既有一韵到底的，也有换韵的，不同的情况下，出句末字的平仄是有不同表现的。

（1）押平声韵而且不换韵的古风

拟古的五言古风，出句的末字有平声也有仄声，如杜甫《赠卫八处士》："焉知二十载，重上君子堂。昔别君未婚，儿女忽成行。"仿律的五言古风，出句末字以仄声为常，如上文所引王维《送别》。拟古的七言古风，多数是句句押韵的，无所谓出句。而杜甫、韩愈以后押平声韵而且不换韵的七言古风，除首句外，出句末字总是仄声，例外极少，如杜甫《寄韩谏议注》、韩愈《山石》、《谒衡岳庙》、李商隐《韩碑》等等。

（2）押仄声韵而且不换韵的古风

拟古的五言古风，出句末字的平仄不拘，如上文所引杜甫《梦李白》、《佳人》；仿律的五言古风，出句末字要平仄交替，如上文所引杜甫《望岳》、王维《青溪》、孟浩然《秋登兰山寄张五》等等。仄韵的七言古风，出句末字的平仄不如五言严格。只有韩愈、王安石、苏轼、陆游等少数诗人谨遵出句末字平仄交替的规则，然而也偶尔有违反之处。

（3）换韵的古风

早期对于出句末字的平仄没有严格的规定。后来逐渐将上述两种仿律的古风的规则结合起来，在押平声韵的部分按平韵古风的规则办，在押仄声韵的部分按仄韵古风的规则办，如：

临川送张諲入蜀　[唐] 李颀

出门便为客，惘然悲徒御。
四顾维一身，茫茫欲何去？
经山复历水，百恨将千虑。（押仄声4韵，出句末字“客、
剑阁望梁州，是君断肠处。身、水、州”平仄交替。）
孤云伤客心，落日感君深。
梦里蒹葭渚，天边橘柚林。
蜀江流不测，蜀路险难寻。（押平声4韵，出句末字“心”
木有相思号，猿多愁苦音。入韵、“渚、测、号”皆仄声。）
莫向愚山隐，愚山地非近。
故乡可归来，眼见芳菲尽。（押仄声2韵，“隐、来”平仄交替）

许公子郑姬歌　[唐] 李贺

许史世家外亲贵，宫锦千端买沉醉。
铜驼酒熟烘明胶，古堤大柳烟中翠。（去声韵）
桂开客花名郑袖，入洛闻香鼎门口。
先将芍药献妆台，后解黄金大如斗。（上声韵）
莫愁帘中许合欢，清弦五十为君弹。
弹声咽春弄君骨，骨兴牵人马上鞍。（平声韵）
两马八蹄踏兰苑，情如合竹谁能见！
夜光玉枕栖凤凰，袷罗当门刺纯线。（去声韵）
长翻蜀纸卷明君，转角含商破碧云。
自从小靥来东道，曲里长眉少见人。（平声韵）
相如冢上生秋柏，三秦谁是言情客？

蛾鬟醉眼拜诸宗，为谒皇孙请曹植。（入声韵）

（此诗4句一换韵，每韵首句皆入韵。每韵次联出句末字平仄与韵字相反。）

李贺此诗，出句多为拗句，也有少数律句，如“先将芍药献妆台”、“长翻蜀纸卷明君”、“自从小靥来东道”、“ 相如冢上生秋柏”、“蛾鬟醉眼拜诸宗”，而对句多为律句，或准律句（b’）。各联多为拗联，而“自从小靥来东道，曲里长眉少见人”一联完全合律，“长翻蜀纸卷明君，转角含商破碧云”一联，出句入韵，可视为准律联。全篇5处失对，5处失黏。像这种类型的以多用律句而不严格黏对、大体上四句一换韵、平仄韵交替为特征的七言古风，据说开始于王维的《桃源行》（见上文所引），后来被称为“元和体”。因为这种体式的七言古风的代表作是元和年间白居易的《长恨歌》、《琵琶行》和元稹的《连昌宫词》。元和体非常接近于近体诗的古风，是一种介于近体诗和古体诗之间的诗体。

第5章 奇韵纷呈——词的格律

清·朱偁　紫薇双鸭图

（一）词的基本概念

词最初是配乐的歌词。历史上词有过许多不同的名称。因为词是配乐可歌的，所以叫“曲”、“曲子”、“曲子词”，又叫“乐府”；因为词跟近体诗一样是有格律的，但又有别于近体诗，所以又叫“诗余”。诗历来被认为是文学的正宗，述事言志，皆用诗，词只是“余事”，抒情调笑才寄兴于词。早期的词，都是诗人以余力为之。这大约也是词被称为诗余的一个原因。除了早期的一些词（如“竹枝”、“柳枝”、“浪淘沙”、“清平调”等等）字数整齐、类似绝句外，绝大多数词的句子字数是不齐的，所以又叫“长短句”。一首好听的曲子，人们常常填上新词再唱，就像今天的许多传统戏曲的唱段一样。所以写词叫“填词”，叫“倚声”。

但是词作为一种独立的文体，自然有区别于其他艺术形式的特征。词虽可按曲而歌，但不同于乐府，因为它有格律；词虽是长短句，而不同于杂言的古体诗，也因为它有格律；词虽然在字数、平仄、押韵等方面有格律却不同于近体诗，因为它是长短句的；词虽倚声而不同于曲（元曲），因为它不像元曲那样可以允许有衬字。后世词的曲谱失传，但是作为一种文体它仍然存在着。人们按照词谱仍然可以填词。词并不依附音乐而存在。词的音乐性，跟近体诗一样，是通过自身的韵律、节奏体现出来的。

大体上说，词是一种字数固定的长短句的格律诗。

（二）词的产生和发展

词起于唐代，李白、杜甫都写过词。李白的《菩萨蛮》和《忆秦娥》据说是“百代词曲之祖”：

菩萨蛮　［唐］李白

平林漠漠烟如织，
寒山一带伤心碧。
暝色入高楼，
有人楼上愁。

玉阶空伫立，
宿鸟归飞急。
何处是归程？
长亭连短亭。

忆秦娥　［唐］李白

箫声咽，
秦娥梦断秦楼月。
秦楼月，
年年柳色，
灞陵伤别。

乐游原上清秋节，
咸阳古道音尘绝。
音尘绝，
西风残照，
汉家陵阙。

但后人怀疑这些词不是李白写的。因为现在能够见到的盛唐和稍晚一些时代的词，其形式大多还跟近体诗中的绝句混沌难分。比如：

咏柳 ［唐］贺知章

碧玉妆成一树高，万条垂下绿丝绦。

不知细叶谁裁出，二月春风似剪刀。

欸乃曲 ［唐］元结

偶存名迹在人间，顺俗与时未安闲。

来谒大官兼问政，扁舟却入九疑山。

而相传李白所做的那两首词，尤其是《忆秦娥》，完全具备了典型的词的特征。这不能不使人怀疑。而与李白同时代的张志和的《渔歌子》却比较真实可信：

渔歌子 ［唐］张志和

西塞山前白鹭飞，桃花流水鳜鱼肥。

青箬笠，绿蓑衣，斜风细雨不须归。

这首词跟七言绝句的差别甚微，只是将七言绝句第三句拆成两个三字句，全篇用律句，押平声韵。它从绝句脱胎而来的踪迹再清楚不过了。中唐刘禹锡、白居易等人也写过词，其中大量的仍是与七言绝句差不多的《竹枝》、《杨柳枝》、《浪淘沙》等：

浪淘沙 ［唐］刘禹锡

八月涛声吼地来，头高数丈触山回。

须臾却入海门去，卷起沙堆似雪堆。

竹枝　［唐］白居易

瞿塘峡口水烟低，白帝城头月向西。
唱到竹枝声咽处，寒猿闇鸟一时啼。

他们的词作中也有从绝句脱胎出来的小令：

潇湘神　［唐］刘禹锡

湘水流，湘水流，九疑云物至今愁。
若问二妃何处所，零陵香草露中秋。

忆江南　［唐］白居易

江南好，
风景旧曾谙。日出江花红胜火，
春来江水绿如蓝。能不忆江南？

有些词与律诗非常接近，比如：

浣溪沙　［唐］韦庄

惆怅梦余山月斜，
孤灯照壁背窗纱，
小楼高阁谢娘家。

暗想玉容何所似，

一枝春雪冻梅花，
满身香雾簇朝霞。

生查子 ［唐］牛希济

春山烟欲收，
天澹稀星小。
残月脸边明，
别泪临清晓。

语已多，情未了，
回首犹重道：
“记得绿罗裙，
处处怜芳草。”

但那时候词真的是“诗余”。李白、刘禹锡、白居易都不是以词出名的。直到晚唐温庭筠、韦庄才开始大量写词，温词今存76首，韦词今存55首，成就卓著，蔚然大观，下开五代、两宋之盛。五代是词的发展的重要时期，出了很多著名的以词名家的文人，可算是真正意义上的词人，如毛文锡、欧阳炯、顾敻、李珣、孙光宪、冯延巳、李璟、李煜等。五代时，词正在逐步摆脱作为诗的附庸的地位。

唐五代词在形式方面的共同特点是：①还没有完全从诗中脱离，许多词与五绝、七绝形式相同，或与五绝七绝相差无几；②篇幅较短，多数与一首七言绝句字数差不多，最长的也只与一首七言律诗的字数相仿。

到了宋代，社会相对安定，商业发达，市井繁华，市民阶层扩大，舞榭歌台，对词的需求量大。达官贵人家养歌伎，市井细民和失意文人流连勾栏瓦肆，也寻求声色娱乐。词这种文体最符合他们的需要。宋人以文为诗、以理入诗，而且诗的押韵等等受科场功令的严格限制，词则与功令毫无关系，于是成为宣泄感情的最佳形式，因此日益发达起来。北宋柳永是个代表人物。他官场不得志，混迹下层，常常填词给歌伎们演唱，名声很大。一位西夏官员从中原回西夏，报告说："凡有井水饮处，即能歌柳词。"柳永写了很多篇幅较长的词——"慢词"。慢词的特点不仅是篇幅较长，而且韵脚较稀，与近体诗的节奏风格很不同。试比较李煜和柳永的各一首词：

虞美人　［南唐］李煜

春花秋月何时了，
往事知多少！
小楼昨夜又东风，
故国不堪回首月明中。

雕栏玉砌应犹在，
只是朱颜改。
问君能有几多愁，
恰似一江春水向东流。

（全篇56字，与一首七律相同；句句押韵，两句一换韵；平仄合乎近体诗格律；节奏特点同近体诗，双音节音步开头，三字尾结束）

雨霖铃 ［宋］柳永

寒蝉凄切，
对长亭晚，
骤雨初歇。
都门帐饮无绪，
留恋处、兰舟催发。
执手相看泪眼，
竟无语凝噎。
念去去、千里烟波，
暮霭沉沉楚天阔。

多情自古伤离别，
更那堪、冷落清秋节！
今宵酒醒何处？
杨柳岸、晓风残月。
此去经年，
应是良辰好景虚设。
便纵有、千种风情，
更与何人说？

（全篇102字；一韵到底，两三句一押韵；节奏特点跟近体诗差别很大，许多句子有单字头、三字头，如“竟 无语 凝噎，留恋处、兰舟 催发”等等，多数句子以二字尾结束）

柳永的作品改变了词的格局，开拓了词的境界。到了苏轼，词风进一步改变。苏词横放杰出，旷达豪迈，一洗绮罗香泽之故态，使词不仅用于抒情咏怀，而且纪事言志、议论讽喻、摭拾经史、隐括艺文，也就是说，原来传统上用诗来表现的那些内容，到了苏轼统统都可以用词来表达。苏轼给词开辟了宽广的境界，词这一文体才蔚为大观，成为与诗并列的文体。经过南宋辛弃疾、陆游、姜夔等人的进一步发展，宋词终于可以与唐诗并列，成为中国古典文学的双璧。

（三）词调、词牌、词谱

起初词人作词是按照某种曲子倚声而作的。就像今天给京剧、昆曲写词一样。曲子旋律要求填的词句的节奏、声调的平上去入与之相配合。因此，一定的曲子要求一定的格律。这个曲子就叫作“词调”。这个曲子的名称就叫作“词牌”。比如“清平调”、“菩萨蛮”、“虞美人”等等。后来词的曲调失传，词调就指该词的句数、字数、押韵、平仄等一套相关的格式。词牌的名称与词的内容的关系，大约早期的词，词牌名大多与内容有关，如上面所引的“忆秦娥”、“渔歌子”、“竹枝”、“柳枝”、“欸乃曲”、“浪淘沙”、“忆江南”等，几乎就是词的题目。后来，有的词人只是把词调当作装新酒的旧瓶，词的内容就可以跟词牌名称无关，就像李白的《菩萨蛮》那样。但是，那时候词人们还没有想到要在词牌之外再起个题目。词在词牌之外还有题目，大约是从苏轼开始的。苏轼喜欢在词牌下面加一个小序，比如著名的“明月几时有，把酒问青天”的那首《水调歌头》，就有一段小序：“丙辰中秋，欢饮达旦，大醉，作此篇，兼怀子由。”有的小序简单到只有几个字，就成了题目。词的题目与词牌无关，完全是两回事，比如《蝶恋花 · 密州上元》、《念奴娇 · 赤壁怀古》等。

按照词的篇幅的长短，前人把词分为小令、中调、长调三类。大体上，58字以下为小令，如“清平乐”、“菩萨蛮”、“虞美人”等；90字以上为长调，如“满江红”、“念奴娇”、“沁园春”、“水调歌头”

等等；介于两者之间的为中调，如“蝶恋花”、“江城子”等等。也有一种意见，认为按篇幅词可以分为小令、慢词两类。62字以下者为小令，超过62字者为慢词[①]。后一种分类法更可取。按这种分类法，小令跟慢词之间的区别，不仅是字数多少不同，其风格也有区别。小令从近体诗脱胎而来，所以不仅字数的上限与七言律诗相差不多，而且风格多数与近体诗接近。唐五代词基本上都是小令。慢词则不仅篇幅长，而且押韵、平仄、节奏等方面与近体诗的风格差异很大。因为其韵脚稀，韵跟韵间隔长，所以叫“慢词”。比如“念奴娇”100字、“水龙吟”102字、“永遇乐”104字，都只押8个韵脚。现存的词调，字数最少的是“十六字令”，仅16字，押3个韵脚；字数最多的是“莺啼序”，240字，押16个韵脚。

有些词调分段，有些不分段。不分段的叫单调，如“竹枝”、“柳枝”、“渔歌子”、“捣练子”等；分两段的叫双调，如“清平乐”、“菩萨蛮”、“虞美人”、“满江红”、“念奴娇”、“沁园春”、“水调歌头”等等；分三段的叫三叠，如“兰陵王”、“瑞龙吟”、“西河”等等；最多的分四段，叫四叠，仅“莺啼序”一调。词的一段叫作一阕、一片。双调的两阕叫上、下阕，或上、下片。

词谱是后人根据前人所做的词整理出来的。原先的词是按乐谱填写的。后来，有些乐谱失传了，也有些人不大懂得乐谱，就照前人现成的词，按照他的句数、字数、节奏、押韵、平仄来填词。这就是词谱。比如万树《词律》“菩萨蛮”的词谱：

---

① 王力，《汉语诗律学》，上海教育出版社，1979，519页。

菩萨蛮 四十四字　又名子夜歌　巫山一片云　重叠金　李白

平林漠漠烟如织（韵）　寒山一带伤心碧（叶）　暝色入高楼（换平）　有

可仄　可平　可仄　可平　可平　可平

人楼上愁（叶平）　玉阶空伫立（三换仄）　宿鸟归飞急（叶三仄）　何处是归程（四换平）

可平　可平　可仄

长亭连短亭（叶四平）

可仄

要注意，词谱中的“叶”字音xié，同“协”，叶韵也就是协调声韵。

词谱涉及句数、字数、节奏、押韵、平仄五个要素。有些人有误解，只注意前两项即句数和字数，不管平仄，也不管押韵换韵等等，这就不能算作填词。

有的词调有几个不同的词牌名，如上述“菩萨蛮”又名“子夜歌”、“巫山一片云”、“重叠金”；“蝶恋花”又名“鹊踏枝”；“念奴娇”又名“百字令”、“酹江月”、“壶中天”等等。相反，有的不同词调却有相同的词牌名，比如刘禹锡的《浪淘沙》是七言四句，单调，而李煜的《浪淘沙 · 帘外雨潺潺》却是双调，54字，有四言、五言和七言句；柳永的《卜算子 · 江枫渐老》89字，而陆游的《卜算子 · 驿外断桥边》仅44字，等等。还有，有的词调可能有几个变体，比如“临江仙”，欧阳修“柳外轻雷池上雨”这一首58字，上下阕首句为7字句，倒数第二句都是4字句；晏几道“梦后楼台高锁”这一首亦58字，上下阕首句为6字句，倒数第二句都是5字句；而苏轼“夜饮东坡醒复醉”这一首却是60字，上下阕首句为7字句，倒数第二句都是5字句；“满江红”一调，一般都押入声韵，而姜夔却有押平声韵者。这些都是读词时必须注意的。

词调也不一定是模仿古人的。宋代许多精通音律的词人（如周邦彦、姜夔等）就新创了许多唐五代所没有的新词调。

（四）词的押韵

词与科举没有关系，所以，词的押韵主要考虑自然语言的和谐，不按照官韵。唐末五代，口语与韵书差别还不大，所以像《花间集》里的词押韵与诗韵几乎完全一样。到宋代，语音渐渐变化，照韵书押韵就不太和谐了。所以词人作词时，基本上是按照口语中听起来和谐的字来押韵的。今天能看到一些词韵的书，比如清代仲恒《词韵》、戈载《词林正韵》等，都是后人根据宋词归纳出来的。对比平水韵，词韵要宽得多。平水韵有106韵，词韵只有47韵，连一半还不到。《词韵》和《词林正韵》都将词韵分为19部，其中14部有平、上、去三声，共42韵，再加入声5部，合计47韵。每一韵大体上是合并了平水韵的几个韵，个别的韵是把平水韵的一个韵拆开分到词韵的两个韵中去。比如《平水韵》中上平声“一东”和“二冬”词韵合为第一部，上平声“三江”和下平声“七阳”词韵合为第二部。而上平声“十三元”分成两部分，读 en、un的那些字如“奔盆门敦吞轮尊村孙根昆昏痕恩”等等词韵归入第六部，跟《平水韵》十一“真”、十二“文”合并；读 an的那些字如“言元原园烦番骞喧”等等归入第七部，跟《平水韵》十四“寒”、十五“删”及下平声“一先”合并。从这里可以看出，词韵比诗韵切合实际语言，因而更合理。表2为词韵19部跟平水韵的对照：

表2　词韵19部与平水韵的对照

词韵	平声	上声	去声	入声
第 1 部	上 1 东 2 冬	1 董 2 肿	1 送 2 宋	
第 2 部	上 3 江 下 7 阳	3 讲 22 养	3 绛 23 漾	
第 3 部	上 4 支 5 微 8 齐，10 灰之一部（读 -ei-ui 者）	4 纸 5 尾 8 荠，10 贿之一部（读 -ei-ui 者）	4 寘 5 未 8 霁，9 泰与 11 队之一部（读 -ei-ui 者）	
第 4 部	上 6 鱼 7 虞	6 语 7 麌	6 御 7 遇	
第 5 部	上 9 佳与 10 灰之一部（读 -ai 者）	9 蟹，10 贿之一部（读 -ai 者）	9 泰与 10 卦之一部（读 -ai 者）	
第 6 部	上 11 真 12 文，13 元之一部（读 -en -un 者）	11 轸 12 吻，13 阮之一部（读 -en-un 者）	12 震 13 问，14 愿之一部（读 -en-un 者）	
第 7 部	上 14 寒 15 删下 1 先，上 13 元之一部（读 -an 者）	14 旱 15 潸 16 铣，13 阮之一部（读 -an 者）	15 翰 16 谏 17 霰，14 愿之一部（读 -an 者）	
第 8 部	下 2 萧 3 肴 4 豪	17 篠 18 巧 19 皓	18 啸 19 效 20 号	
第 9 部	下 5 歌	20 哿	21 箇	
第 10 部	下 6 麻上 9 佳之一部（读 -a 者）	21 马	22 祃，10 卦之一部（读 -a 者）	
第 11 部	下 8 庚 9 青 10 蒸	23 梗 24 迥	24 敬 25 径	
第 12 部	下 11 尤	25 有	26 宥	
第 13 部	下 12 侵	26 寝	27 沁	
第 14 部	下 13 覃 14 盐 15 咸	27 感 28 俭 29 豏	28 勘 29 艳 30 陷	
第 15 部				1 屋 2 沃
第 16 部				3 觉 10 药
第 17 部				4 质 11 陌 12 锡 13 职 14 缉
第 18 部				5 物 6 月 7 曷 8 黠 9 屑 16 叶
第 19 部				15 合 17 洽

（平声一列中，上指上平声，下指下平声。平水韵上平声和下平声各有15韵。）

词的押韵与近体诗相比，有下面一些特点：

①近体诗只押平声韵，词则既可以押平声韵，也可以押仄声韵。但是，押什么韵要按词牌的要求，规定押平声韵的，就不能押仄声韵，规定押仄声韵的，就不能押平声韵。如：

浪淘沙 ［南唐］李煜

帘外雨潺潺，
春意阑珊。
罗衾不耐五更寒。
梦里不知身是客，
一晌贪欢。

独自莫凭栏，
无限江山。
别时容易见时难。
流水落花春去也，
天上人间！

全篇押平声韵，不夹杂一个仄声字。“竹枝”、“柳枝”、“捣练子”、“忆江南”、“浣溪沙”、“江城子”、“水调歌头”等等，都是押平声韵的。又如：

生查子 ［宋］欧阳修

去年元夜时，花市灯如昼。
月上柳梢头，人约黄昏后。

今年元夜时，月与灯依旧。
不见去年人，泪满春衫袖。

全篇押仄声韵，不夹杂一个平声字。“如梦令”、“卜算子”、“忆秦娥”、“渔家傲”、“念奴娇”、“桂枝香”、“水龙吟”等等，都是押仄声韵的。

②律诗是不能换韵的，一个韵必须从头押到尾。而词，有的也是不能换韵的，有些则可以换韵。换韵还是不换韵，要按照词牌的规定。比如上文所举的“菩萨蛮”就是换韵的例子。换韵一般都是平换仄、仄换平，只有极个别的词调有仄韵换仄韵的，如《钗头凤》。因为平仄相转的换韵方式，从唐代古风以来，早就形成传统了。比如：

调笑令　［唐］王建

杨柳，杨柳，
日暮白沙渡口。（词韵第十二部上声）
船头江水茫茫，
商人少妇断肠。（词韵第二部平声）
肠断，肠断，
鹧鸪夜飞失伴。（词韵第七部上声）

清平乐　［宋］辛弃疾

茅檐低小，
溪上青青草。
醉里吴音相媚好，
白发谁家翁媪？（词韵第八部上声）

大儿锄豆溪东，
中儿正织鸡笼。
最喜小儿无赖，
溪头卧剥莲蓬。（词韵第一部平声）

③词的押韵还有一些近体诗和古风中所没有的方式。那就是“交韵”和“抱韵”。所谓交韵，是指一、三句押一种韵，二、四句押另一种韵，两韵交叉；所谓抱韵，是指一、四句押一种韵，二、三句押另一种韵，一韵包围另一韵。交韵的例如：

纱窗恨（上阕）［五代］毛文锡
双双蝶翅涂金粉，
咂花心。
绮窗绣户飞来稳，（“粉、稳”押韵，第六部上声）
画堂阴。（“心、阴”押韵，第十三部平声）

抱韵的例如：

西江月 ［五代］**欧阳炯**
月映长江秋水，
分明冷浸星河。
浅沙汀上白云多，（“河、多”押韵，第九部平声）
雪散几丛芦苇。（“水、苇”押韵，第三部上声）

扁舟倒影寒潭里，
烟光远罩轻波。

笛声何处响渔歌，（“波、歌”押韵，第九部平声）

两岸苹香暗起。（“里、起”押韵，第三部上声）

定风波　［宋］苏轼

莫听穿林打叶声，

何妨吟啸且徐行。

竹杖芒鞋轻胜马，

谁怕？（“马、怕”押韵，第十部上去声）

一蓑烟雨任平生。

料峭春风吹酒醒，

微冷，（“醒、冷”押韵，第十一部上声）

山头斜照却相迎。

回首向来萧瑟处，

归去，（“处、去”押韵，第四部去声）

也无风雨也无晴。

（“声、行、生、迎、晴”押韵，第十一部平声）

其实，《诗经》中已经有交韵和抱韵的韵式，比如：

召南 · 野有死麕

野有死麕

白茅包之。

有女怀春，（“麕、春”押韵，上古音文部）

吉士诱之。（“包、诱”押韵，上古音幽部）（交韵）

小雅·伐木

伐木丁丁，
鸟鸣嘤嘤。（“丁、嘤”押韵，上古音耕部）
出自幽谷，
迁于乔木。（“谷、木”押韵，上古音屋部）
嘤其鸣矣，
求其友声。（“鸣、声”押韵，上古音耕部，
与“丁、嘤”呼应）（抱韵）

词里的交韵、抱韵可以说是渊源有自的。

④词还可以平仄通押。平仄通押跟换韵不同。通押必须在同一个韵部，而换韵可以不同的韵部互换。换韵时每韵至少两个韵脚（见上引《调笑令》、《菩萨蛮》），而通押时，韵脚平仄声的数量是不拘的。比如：

西江月 ［宋］苏轼

照野弥弥浅浪，
横空隐隐层霄。
障泥未解玉骢骄，（霄、骄，词韵第八部平声）
我欲醉眠芳草。（草，词韵第八部上声）

可惜一溪风月，
莫教踏碎琼瑶。
解鞍攲枕绿杨桥，（瑶、桥，词韵第八部平声）
杜宇一声春晓。（晓，词韵第八部上声）

⑤词的押韵，在规定押仄声韵的地方，上声跟去声可以混用。这跟古风的押韵情况相似。但混用的上声和去声字必须在同一个韵部。比如：

如梦令 ［宋］李清照

昨夜雨疏风骤，
浓睡不消残酒。
试问卷帘人，
却道海棠依旧。
知否？知否？（骤、酒、旧、否、否，词韵第十二部上声）
应是绿肥红瘦。（瘦，词韵第十二部去声）

而入声只能跟入声押韵，不能跟上去声混用。比如：

满江红 ［宋］岳飞

怒发冲冠，
凭栏处、潇潇雨歇。
抬望眼、仰天长啸，
壮怀激烈。
三十功名尘与土，
八千里路云和月。
莫等闲白了少年头，
空悲切。

靖康耻，

犹未雪；

臣子恨，

何时灭！

驾长车踏破，

贺兰山缺。

壮志饥餐胡虏肉，

笑谈渴饮匈奴血。

待从头收拾旧山河，

朝天阙。

（歇、烈、月、切、雪、灭、缺、血、阙，词韵第十八部，入声）

词的押韵比起近体诗来是一种进步。这种进步表现在两个方面。第一方面，因为押韵的本质就是追求音韵的和谐。平水韵已经不能反映宋代的实际语音，所以近体诗的押韵其实在艺术上说已经有所欠缺。词的押韵打破了平水韵的局限，是回归了押韵的初衷，回到了诗歌语言所追求的音乐美。第二方面，词的押韵形式增加，变化错综，使音韵和谐的方式更具多样性，这也是近体诗所不能比拟的。

（五）词的对仗

词的对仗跟近体诗有很多不同，更接近古体诗。

1. 词的对仗不一定平仄相对

近体诗对仗必须平仄相对，如果平仄不相对，便是“失对”。而词的平仄依词调的不同而各异，对仗时不一定平仄相对。如：

并刀如水，（仄平平仄）

吴盐胜雪。（平平仄仄）（周邦彦《少年游》）

三十功名尘与土，（平仄平平平仄仄）

八千里路云和月。（仄平仄仄平平仄）

壮志饥餐胡虏肉，（仄仄平平平仄仄）

笑谈渴饮匈奴血。（仄平仄仄平平仄）（岳飞《满江红》）

人有悲欢离合，（平仄平平平仄）

月有阴晴圆缺。（仄仄平平平仄）（苏轼《水调歌头》）

八百里分麾下炙，（仄仄仄平平仄仄）

五十弦翻塞外声。（仄仄平平仄仄平）（辛弃疾《破阵子》）

当然，按照词谱的规定必须平仄相对的，就不能失对。比如：

无可奈何花落去，（平仄仄平平仄仄）

似曾相识燕归来。（仄平平仄仄平平）（晏殊《浣溪沙》）

当时相候赤阑桥，（平平平仄仄平平）

今日独寻黄叶路。（平仄仄平平仄仄）（周邦彦《玉楼春》）

2. 词的对仗可以同字相对

近体诗不能同字相对，词的对仗则可以。这是因为同字相对可能造成平仄失对。而词的对仗不一定平仄相对，因此同字相对也就不必避忌。如上引“人有悲欢离合，月有阴晴圆缺”。又如：

日出江花红胜火，春来江水绿如蓝。（白居易《忆江南》）

二分尘土，一分流水。（苏轼《水龙吟》）

江上舟摇，楼上帘招。……

风又飘飘，雨又潇潇。……

银字笙调，心字香烧。……

红了樱桃，绿了芭蕉。（蒋捷《一剪梅》）

我住长江头，君住长江尾。……

此水几时休？此恨何时已？（李之仪《卜算子》）

才下眉头，却上心头。（李清照《一剪梅》）

3. 词的对仗位置不固定

近体诗对仗的位置固定，一般除了首联和尾联都应对仗。而词对仗的位置不固定。词是长短句，一般地说，相邻两句字数相同才有可能对仗。但是，即使相邻两句字数相同，是否对仗也不一定。比如，同是“水调歌头”的起首两句，“明月几时有，把酒问青天”（苏轼），不对仗；“不见南师久，漫说北群空”（陈亮），对仗。同是“永遇乐”的起首两句，“落日熔金，暮云合璧”（李清照），对仗；“千古江山，英雄无觅”（辛弃疾），不对仗。但是词中相邻的两句，若上句多一字的，第一字常常单作为一个音步，叫作“一字逗”，或“一字领”，剩下的字跟下句对仗。比如：

念腰间箭，

匣中剑。（张孝祥《六州歌头》）

渐酒空金榼，

花困蓬瀛。（秦观《满庭芳》）

听乱飐芰荷风，

细洒梧桐雨。（晁补之《黄莺儿》）

念柳外青骢别后，

水边红袂分时。（秦观《八六子》）

似谢家子弟，衣冠磊落；

相如庭户，车骑雍容。（辛弃疾《沁园春》）

4. 词中有扇面对和鼎足对

近体诗对仗绝大多数是一联之内的对句对出句，很少有两句对两句的“扇面对”，而词中则不乏扇面对。像《沁园春》上下阕中间的四句，多用扇面对，除上引辛弃疾的例子之外，又如：

唤厨人斫就，东溟鲸脍；

　囷人呈罢，西极龙媒。（刘克庄）

望长城内外，惟余莽莽；

　大河上下，顿失滔滔。（毛泽东）

其他词调也有用扇面对的，如：

靖康耻，犹未雪；

臣子恨，何时灭？（岳飞《满江红》）

惊粉重，蝶宿西园，

喜泥润，燕归南浦。（史达祖《绮罗香》）

莹无尘，素娥澹伫，

静可数，丹桂参差。（晁端礼《鸭头绿》）

词的对仗还有一种三句鼎足相对的，称为“鼎足对”，例如：

胡未灭，

鬓先秋，

泪空流。（陆游《诉衷情》）

绿野风烟，

平泉草木，

东山歌酒。（辛弃疾《水龙吟》）

尧之都，

舜之壤，

禹之封。（陈亮《水调歌头》）

帝城赊，

秦楼阻，

旅魂乱。（柳永《迷神引》）

近体诗的句子两两相对，是不可能出现鼎足对的。

（六）词的节奏和平仄

词的句子，既有像近体诗一样的五言句、七言句，也有一字句、二字句、三字句、四字句、六字句，甚至八字以上的句子。

一字句在词中不多见，如“十六字令”的第一句（如毛泽东“山，快马加鞭未下鞍”），“钗头凤”上下阕末的重叠句（如陆游“山盟虽在，锦书难托。莫！莫！莫！”）。一字句或平或仄，都入韵。

二字句多用于叠句（如上引《如梦令》“知否？知否”，《调笑令》“杨柳，杨柳”、“肠断，肠断”等等）、插句（如上引《定风波》中的“谁怕”、“微冷”、“归去”等）和某些双调词下阕的首句（如柳永《二郎神》“闲雅，须知此景，古今无价”、《玉蝴蝶》“难忘，文期酒会，几孤风月，屡变星霜”、《木兰花慢》“盈盈，斗草踏青”等等）。二字句都入韵。二字句的平仄格式，大多为“平仄”，少数为“平平”、“仄仄”。

一字句和二字句，本身只是一个音步，三字句则相当于五七言律句的“三字尾”。其节奏无论是1—2还是2—1，都是律句三字尾的正常节奏，如李煜《捣练子》“深院 静，小亭 空”；苏轼《水调歌头》“转 朱阁，低 绮户，照 无眠”等等。三字句的平仄格式大多为“平平仄、平仄仄、仄平平”，与五七言律句的三字尾相合。

四字以上的句子，节奏格式种类繁多，读词时不能不细加留意。如果从跟近体诗比较的角度来观察，可以把词里四字以上的句子分为四类。

第一类，双音节音步开头（二字头），三字尾结束。这跟传统的诗句包括近体诗的诗句节奏一样：

照花 前后镜，花面 交相映。（温庭筠《菩萨蛮》）

依旧 桃花面，频低 柳叶眉。（韦庄《女冠子》）

日日 花前 常病酒，不辞 镜里 朱颜瘦。（冯延巳《鹊踏枝》）

才伴 游蜂 来小院，又随 飞絮 过东墙。（欧阳修《望江南》）

别是 一般 滋味 在心头。（李煜《乌夜啼》）

长向 月圆 时候 望人归。（晏几道《虞美人》）

这类句子不但节奏与近体诗一致，平仄格式也总是用律句或律句拗救的格式。九字句可视为七言律句的扩展，而且大多是平声结尾。在宋代慢词中，偶有拗格的九字句：

厌闻夜久签声动书幔。（周邦彦《绕佛阁》）

谁问旗亭美酒斗十千？（贺铸《梅花引》）

第二类，双音节音步开头，二字尾结束：

独宿 江楼，月上 云收。（冯延巳《采桑子》）

帆来 帆去，天际 双阙。（李之仪《忆秦娥》）

愁人 起望 相思，江南 塞北 别离。（韦应物《调笑令》）

万里 腥膻 如许，千古 英灵 安在？（陈亮《水调歌头》）

应是 良辰 好景 虚设。（柳永《雨霖铃》）

尽是 旧时 手种 红药。（周邦彦《解连环》）

这类句子有律句和拗句两种。律句的特征是音步末尾的平仄交替，即第二字与第四字平仄相反，第四字与第六字平仄相反，第二字与第六字平仄相同。拗句则不合这一规则。早期小令多用律句，拗句多用于宋代慢词中。

第三类，一字逗或三字逗开头，三字尾结束，这是词的句子的特殊节奏。如：

对 长亭晚。（柳永《雨霖铃》）

揾 英雄泪。（辛弃疾《水龙吟》）

登 宝钗楼，访 铜雀台。（刘克庄《沁园春》）

写无限 伤春事。（晏几道《留春令》）

更吹落 星如雨。（辛弃疾《青玉案》）

点点是 离人泪。（苏轼《水龙吟》）

料 不啼清泪 长啼血。（辛弃疾《贺新郎》）

看 爽气朝来 三数峰。（辛弃疾《沁园春》）

莫等闲 白了 少年头。（岳飞《满江红》）

悔当初 不把 雕鞍锁。（柳永《定风波》）

听 乱飐 芰荷风，细洒 梧桐雨。（晁补之《黄莺儿》）

君不见 玉环飞燕 皆尘土。（辛弃疾《摸鱼儿》）

一字逗多为仄声，三字逗有时用拗句（仄仄仄），这是它跟三字句不同的地方。

第四类，一字逗或三字逗开头，二字尾结束，这也是词的特殊节奏。如：

每 登山 临水。（柳永《曲玉管》）

自 清凉 无汗。（苏轼《洞仙歌》）

便 转移 胡床。（黄庭坚《满庭芳》）

渐 酒空 金榼，花困 蓬瀛。（秦观《满庭芳》）

奈 愁入 庾肠，老侵 潘鬓。（张耒《风流子》）

恨 客里光阴 虚掷。（周邦彦《六丑》）

又 软语商量 不定。（史达祖《双双燕》）

念 柳外青骢 别后，水边红袂 分时。（秦观《八六子》）

便纵有 千种 风情。（柳永《雨霖铃》）

声不断 檐响 风铃。（黄庭坚《满庭芳》）

试向我 小园 徐步。（晁补之《金凤钩》）

浪淘尽 千古风流 人物。（苏轼《念奴娇》）

细腰肢 自有入格 风流。（苏轼《洞仙歌》）

长偎傍 疏林小槛 欢聚。（周邦彦《尉迟杯》）

一字逗和三字逗后边的四字六字句，平仄格式有律句，也有拗句。

词的节奏、韵律比诗更富于变化，更便于抒发各种不同的情感。

词的平仄，每一个词调，包括他们的变体，都有自己特殊的规定，用律句还是拗句，哪个字平仄可以变通，哪个字平仄不能变通，不能根据近体诗的通例来臆测。据清代万树《词律》以及《补遗》，词牌大约有800多个，有些词牌还有不同的变体，合计共有1600多个格式。近人所编《全宋词》，收有1486个词牌。这是很难死记硬背下来的。比较好的方法、也是比较现实的方法，就是背诵名篇，从名篇中了解词律。其实，前人整理词谱就是这样做的。本书附录三列举了一些词谱，可供参考。

第6章

诗词的语言艺术

清·李方膺　潇湘风竹图

与散文相比较，诗词的语言更具有艺术性。格律造成了更鲜明的节奏、更和谐的韵律，而诗人在用语的提炼推敲上所下的更多的工夫，也使诗词语言更精炼、更形象、更生动、更含蓄、更隽永、更耐人寻味，哪怕短小的篇什，也能给人留下无尽的回味。诗人对诗句和诗句中每个字的精心锤炼，称为“炼句”、“炼字”，诗句中最关键、最精炼的字称为“诗眼”。众所周知，“推敲”一词，就是从唐代诗人贾岛为“僧推月下门”还是“僧敲月下门”苦苦思考、比较、吟哦一事而来的。贾岛为此还作了两句诗：“两句三年得，一吟双泪流。”杜甫也说自己做诗是“语不惊人死不休”。

诗词语言的语法和修辞当然离不开一般的语法和修辞规则，但是也常常有特殊性。散文、骈体文中常用的语法和修辞手段，诗词中也常常使用，而有些独特的语言艺术手法，则只有诗词中才常常被运用。下面结合诗词语言的实例介绍一些诗词中常见的语法修辞手法。

（一）词语的活用

词语的活用是古文中常见的现象。在诗词中，词语的使用更加灵活。以下是一些著名诗人的用例。

名词活用作动词：

空园白露滴，孤壁野僧邻。（马戴《灞上秋居》）

指点江山，激扬文字，粪土当年万户侯。（毛泽东《沁园春》）

名词活用作形容词：

云霞出海曙，梅柳渡江春。（杜审言《早春游望》）

长江一帆远，落日五湖春。（孟浩然《饯别王十一南游》）

山色遥连秦树晚，砧声近报汉宫秋。（韩翃《同题仙游观》）

执手相看泪眼，竟无语凝噎。（柳永《雨霖铃》）

动词活用作形容词：

春眠不觉晓，处处闻啼鸟。（孟浩然《春晓》）

无情水都不管，共西风只等送归船。（辛弃疾《木兰花慢》）

须臾响急冰弦绝，但见奔星劲有声。（鲁迅《赠人》）

形容词活用作动词：

艰难苦恨繁霜鬓，潦倒新停浊酒杯。（杜甫《登高》）

血沃中原肥劲草，寒凝大地发春华。（鲁迅《无题》）

使动用法：

感时花溅泪，恨别鸟惊心。（杜甫《春望》）

但使主人能醉客，不知何处是他乡。（李白《客中行》）

虚词实用：

黄叶仍风雨，青楼自管弦。（李商隐《风雨》）

映阶碧草自春色，隔叶黄鹂空好音。（杜甫《蜀相》）

江山故宅空文藻，云雨荒台岂梦思。（杜甫《咏怀古迹》）

盘飧市远无兼味，樽酒家贫只旧醅。（杜甫《客至》）

（二）特殊语序

古汉语中本来有一些语序与现代汉语不同的句子，但是往往是有条件的。比如在加强语气的感叹句中，主语跟谓语常常可以交换位置。又如疑问代词作宾语的句子，用代词作宾语的否定句，宾语要置于动词或介词的前面；用指示代词复指宾语，也可以使宾语及复指成分处于动词之前。这些跟现代汉语中不同的语序，总是有一些伴随条件的。而在诗词中，语序的变化常常是一种修辞技巧，而不是语法规则。因而语序变化更灵活。比如：

三山半落青天外，二水中分白鹭州。（李白《登金陵凤凰台》：白鹭州从中间把江水一分为二。）

香稻啄余鹦鹉粒，碧梧栖老凤凰枝。（杜甫《秋兴》：鹦鹉啄余香稻粒，凤凰栖老碧梧枝。）

口衔山石细，心望海波平。（韩愈《精卫衔石填海》：口衔细的山石。）

竹怜新雨后，山爱夕阳时。（钱起《谷口书斋》：爱新雨后之竹，夕阳时之山。）

永忆江湖归白发，欲回天地入扁舟。（李商隐《安定城楼》：欲待白发时、成就回天地之功后，入扁舟，归江湖。）

腰间羽箭久凋零，太息燕然未勒铭。（陆游《夜泊水村》：太息未勒铭于燕然山。）

深院静，小庭空。断续寒砧断续风。（李煜《捣练子》：寒砧声断断续续，风声断断续续。）

想佳人妆楼颙望，误几回天际识归舟。（柳永《八声甘州》：几回误识天际归舟）

词中的特殊语序常常表现在一字逗的特殊作用上。一字逗常常用一个虚字。按普通的语序，它应该出现在句子中间，但一字逗却是出现在句首的，如：

正思妇无眠，起寻机杼。（姜夔《齐天乐》：思妇正无眠。）

纵芭蕉不雨也飕飕。（吴文英《唐多令》：芭蕉纵不雨也飕飕。）

一字逗有时可管领以下两句或多句：

正故国晚秋，
　天气初肃。（王安石《桂枝香》：故国正晚秋，天气正初肃。）

渐酒空金榼，
　花困蓬瀛。（秦观《满庭芳》：金榼酒渐空，蓬瀛花渐困。）

向松间乍可，从他喝道；

庭中且莫，踏破苍苔。（辛弃疾《沁园春》：乍可向松间从他喝道，且莫向庭中踏破苍苔。）

（三）省略

诗词中常常有一些省略必要成分的句子，例如：

香雾云鬟湿，清辉玉臂寒。（杜甫《月夜》：香雾起而云鬟湿，清辉映而玉臂寒。省略谓语。）

时人错把比严光，我自是无名渔父。（陆游《鹊桥仙》：时人错把我比作严光。省略宾语。）

有时句子各部分之间，按散文笔法应该有一些词语连接的，但诗歌常常不用这些连接的词语，所以句子显得很松散，各部分之间的关系不很明确，需要读者自己去想。这使得诗词的语言含蓄而朦胧，避免一览无余，而更耐人寻味。比如：

草枯鹰眼疾，雪尽马蹄轻。（王维《观猎》：因草枯而鹰眼更疾，因雪尽而马蹄愈轻。）

箫声咽，秦娥梦断秦楼月。（李白《忆秦娥》：秦娥于秦楼月色之中从梦中醒来。“秦娥”与“秦楼月”不是动宾关系，而是动补关系。）

有一字逗的句子，也常常有省略的成分：

但寒烟衰草凝绿。（王安石《桂枝香》：但见寒烟衰草凝绿。）

空点点、年华别泪。（吴文英《解语花》：空余点点年华别泪。）

七言句如果有句中自对时，常常有4个字与3个字相对的情况，3个字的语段，常常省略一个关键字：

上穷碧落下黄泉，两处茫茫皆不见。（白居易《长恨歌》：上穷碧落下穷黄泉。）

昼出耘田夜积麻，村庄儿女各当家。（范成大《田家》：昼出耘田夜归

积麻）

领袖群伦不自高，静如处子动英豪。（续范亭《赠毛主席》：静如处子动为英豪。）

（四）名词句

诗词的句子，常常没有谓语，只是一个名词性的词组。这在散文里是不能成句的。因此名词句可以说是诗歌的特点。比如：

细草微风岸，危樯独夜舟。（杜甫《旅夜书怀》）

渭北春天树，江东日暮云。（杜甫《春日忆李白》）

星河秋一雁，砧杵夜千家。（韩翃《酬程延秋夜即事见赠》）

雨中黄叶树，灯下白头人。（司空曙《喜外弟卢纶见宿》）

鹫翎金仆姑，燕尾绣蝥弧。（卢纶《塞下曲》）

云里帝城双凤阙，雨中春树万人家。（王维《奉和圣制》）

西山白雪三城戍，南浦清江万里桥。（杜甫《野望》）

野花芳草，寂寞关山道。（韦庄《清平乐》）

三十功名尘与土，八千里路云和月。（岳飞《满江红》）

红酥手，黄縢酒，满城春色宫墙柳。（陆游《钗头凤》）

穆穆秋山，娓娓秋湖，荡荡秋江。（胡乔木《沁园春》）

名词句常用于写景。从功能上看，它跟描写句非常接近，不少名词句甚至可以看成倒装的描写句。例如，“穆穆秋山，娓娓秋湖，荡荡秋江”可理解为“秋山穆穆，秋湖娓娓，秋江荡荡”。名词句勾勒出图画，提供了意象，而它背后更深的意境要让读者自己咀嚼回味，这常常比作者明确描绘更胜一筹。

（五）譬喻

譬喻就是比喻，是汉语中使用非常普遍的修辞手法，在诗词中尤其常见。巧妙的设喻，可以使形象更生动、感人，可以使表达更委婉、得体，可以使读者的耳目为之一新、心志为之一震。诗词中的有些譬喻，早已深入人心，成为文学中的经典，语言中的成语、熟语，沉积为中华文化的意象要素了。比如：

海内存知己，天涯若比邻。（王勃《送杜少府之任蜀州》）

浮云游子意，落日故人情。（李白《送友人》）

三分割据纡筹策，万古云霄一羽毛。（杜甫《咏怀古迹》）

岭树重遮千里目，江流曲似九回肠。（柳宗元《登柳州城楼》）

欲把西湖比西子，淡妆浓抹总相宜。（苏轼《饮湖上初晴后雨》）

问君能有几多愁？恰似一江春水向东流。（李煜《虞美人》）

人有悲欢离合，月有阴晴圆缺，此事古难全。（苏轼《水调歌头》）

若问闲情都几许？一川烟草，满城风絮，梅子黄时雨。（贺铸《青玉案》）

五岭逶迤腾细浪，乌蒙磅礴走泥丸。（毛泽东《长征》）

山舞银蛇，原驰蜡象，欲与天公试比高。（毛泽东《沁园春》）

老夫喜作黄昏颂，满目青山夕照明。（叶剑英《八十书怀》）

（六）代称

代称与譬喻不同。譬喻的喻体与本体是不同的事物，他们之间在某一点上有相同或相似处，所以可以用来比拟。而代称则不是不同事物间的比拟，而是将被指称的事物或人物的常名舍置不提，却换用另一个名称来代替他。代称可以是该事物或人物的标志性的局部，或其特征、属性、质料，或与其紧密关联的事物等等。代称的功能是使表达更形象、更生动、更鲜明，更能耸动读者的注意力。比如：

红颜弃轩冕，白首卧松云。（李白《赠孟浩然》。“红颜”是青春的标志，“白首”是老年的特征，“轩冕”是高官的表征，而“松云”总是与隐逸密切联系，所以都可以用来代称。）

流血涂野草，豺狼尽冠缨。（李白《古风五十九首》之十九。冠缨是高官的代称。）

平明寻白羽，没在石棱中。（卢纶《塞下曲》。白羽是箭的代称。）

羽扇纶巾，谈笑间、樯橹灰飞烟灭。（苏轼《念奴娇》。樯橹是船的代称。）

但愿人长久，千里共婵娟。（苏轼《水调歌头》。婵娟是明月的代称。）

知否？知否？应是绿肥红瘦。（李清照《如梦令》。绿是指叶；红是指花。）

此生谁料，心在天山，身老沧洲。（陆游《诉衷情》。天山，指边疆；沧洲，指寻常水村。）

想当年金戈铁马，气吞万里如虎。（辛弃疾《永遇乐》。金戈铁马指征战沙场之事。）

人生自古谁无死？留取丹心照汗青。（文天祥《过零丁洋》。汗青指历史。）

红旗跃过汀江，直下龙岩上杭。（毛泽东《清平乐》。红旗指红军。）

绿水青山枉自多，华佗无奈小虫何。（毛泽东《送瘟神》。华佗泛指名医。）

（七）谐音

谐音是中国诗歌中传统的修辞方法，是人们喜闻乐见的一种表达方式。运用谐音，有时显得含蓄，有时显得活泼，有时显得幽默，具有很好的修辞效果。比如：

东边日出西边雨，道是无晴还有晴。（刘禹锡《竹枝》：晴，谐音“情”。）

春蚕到死丝方尽，蜡炬成灰泪始干。（李商隐《无题》：丝，谐音“思”。）

三更书石阙，忆子夜题碑。（古乐府《读曲歌》：题碑，谐音“啼悲”。）

愁见蜘蛛织，寻丝直到明。（古乐府《读曲歌》：寻丝，谐音“寻思”。）

方局十七道，棋会是何处？（古乐府《读曲歌》：棋会，谐音“期会”。）

（八）双关

又送王孙去，萋萋满别情。（白居易《赋得古原草送别》。王孙，草名，又是对人的尊称，这里说“送王孙”，一则扣“古原草”之题，又切“送别”的内容。古诗词中多此种用法。如王维《送别》“春草年年绿，王孙归不归？”）

妆罢低声问夫婿，画眉深浅入时无？（朱庆馀《近试上张水部》。“画眉深浅”之问，既如字面，又暗含询问自己文章是否合时。）

我失骄杨君失柳，杨柳轻飏，直上重霄九。（毛泽东《蝶恋花》。杨柳，既是随风轻飏的杨花柳絮，又是杨开慧、柳直荀二人的忠魂。）

诅咒而今翻异样，无如臣脑故如冰。（鲁迅《报载患脑炎戏作》。“脑如冰”，既针对“报载患脑炎”而言，说自己脑子没有发炎、发烧，又暗示自己头脑冷静、清醒得很。）

（九）顶真

上一句的结尾跟下一句的开头用同一词语，叫作“顶真”，或称做“顶真续麻”，也有人称之为“连环句”。比如：

寥落古行宫，宫花寂寞红。（元稹《行宫》）

吴门向西流水长，水长柳暗烟茫茫。（张籍《送远曲》）

……芙蓉帐暖度春宵。春宵苦短日高起……东望都门信马归。归来池苑皆依旧……忽闻海上有仙山，山在虚无缥缈间。（白居易《长恨歌》）

……楼前芳草年年绿。绿似去年袍……（张先《菩萨蛮》）

绣帘开，一点明月窥人，人未寝，攲枕钗横鬓乱。（苏轼《洞仙歌》）

应念我、终日凝眸。凝眸处，从今更数，几段新愁。（李清照《凤凰台上忆吹箫》）

……犹有花枝俏。俏也不争春……（毛泽东《卜算子》）

有些诗句可以视为变相的顶真。比如：

春江潮水连海平，海上明月共潮生……江畔何人初见月？江月何年初照人？人生代代无穷已……江潭落月复西斜。斜月沉沉藏海雾……（张若虚《春江花月夜》）

凤凰台上凤凰游，凤去台空江自流。（李白《登金陵凤凰台》）

春窗曙灭九微火，九微片片飞花琐。（王维《洛阳女儿行》）

锦瑟无端五十弦，一弦一柱思华年。（李商隐《锦瑟》）

后宫佳丽三千人，三千宠爱在一身。（白居易《长恨歌》）

（十）用典

诗的语言是精炼的，诗人总是希望能用最少的字句表达最丰富的思想情感，用典就是手段之一。典故往往包含了丰富的历史文化信息，沉淀了古人的智慧、品格、理想、价值取向和生活经验，而它的表现形式只有短短的两三字、三四字。诗中使用典故，不但能言简意赅，而且还能显得典雅、婉转、深沉和庄重。比如：

听筝 ［唐］李端

鸣筝金粟柱，素手玉房前。

欲得周郎顾，时时误拂弦。

（用周瑜典故。《三国志》："周瑜，吴中呼为周郎，少精音乐，虽三爵之后，有误必知。时人语曰：曲有误，周郎顾。”）

塞下曲　［唐］卢纶

林暗草惊风，将军夜引弓。

平明寻白羽，没在石棱中。

（用《史记》李广射虎中石的典故。按，射虎中石的事，古代屡见传说，刘向《新序》：“楚熊渠子夜行见寝石以为虎，关弓射之，灭矢饮羽。”这里是夸赞将军的勇武。）

出塞　［唐］王昌龄

秦时明月汉时关，万里长征人未还。

但使龙城飞将在，不教胡马度阴山。

（用李广典故。据《史记》，李广任北平太守，匈奴号曰“飞将军”，避之，数岁不敢入界。这里是慨叹没有像李广那样的将才守边卫国，使人民安居乐业。）

安定城楼　［唐］李商隐

迢递高城百尺楼，绿杨枝外尽汀洲。

贾生年少虚垂涕，王粲春来更远游。

永忆江湖归白发，欲回天地入扁舟。

不知腐鼠成滋味，猜意鹓雏竟未休。

（颔联用贾谊、王粲典故，比喻自己有奇才而不被重用；颈联用范蠡典故，表明自己追求仕进不是为了利禄，将会功成身退；尾联用庄子典故，斥责那些以小人之心度君子之腹的人。《庄子·秋水》：“鸱得腐鼠，鹓雏过之，仰而视之曰：嚇！”）

渔家傲　［宋］范仲淹

塞下秋来风景异，

衡阳雁去无留意。

四面边声连角起。

千嶂里，长烟落日孤城闭。

浊酒一杯家万里，

燕然未勒归无计。

羌管悠悠霜满地。

人不寐，将军白发征夫泪。

（燕然未勒句，反用《后汉书》窦宪的典故。东汉和帝永元元年，窦宪帅师击败匈奴，登燕然山勒石记功而还。这里是慨叹边塞未宁，功名未立，一股苍凉之气，催人涕下。）

江城子 ［宋］苏轼

老夫聊发少年狂，

左牵黄，右擎苍，

锦帽貂裘、千骑卷平冈。

为报倾城随太守，

亲射虎，看孙郎。

酒酣胸胆尚开张，

鬓微霜，又何妨？

持节云中、何日遣冯唐？

会挽雕弓如满月，

西北望，射天狼。

（上阕用《三国志》孙权射虎典故，下阕用《史记·冯唐列传》事。冯唐曾作为汉文帝的使节，赦免了守边有功的云中太守魏尚，使他重新回到边塞去建功立业。这里是说自己虽老，勇武和雄心未减，但不知何时才能得到朝廷信用，去边塞发挥才华，抗御强敌。）

答友人　毛泽东

九嶷山上白云飞，帝子乘风下翠微。
斑竹一枝千滴泪，红霞万朵百重衣。
洞庭波涌连天雪，长岛人歌动地诗。
我欲因之梦寥廓，芙蓉国里尽朝晖。

（帝子、斑竹两句，用舜妃娥皇、女英典故。娥皇、女英死后成为湘灵，是人们崇敬和歌颂的对象。这里是借湘灵来寄托对杨开慧烈士的怀念和歌颂。）

赠友人　朱德

北华收复赖群雄，猛士如云唱大风。
自信挥戈能退日，河山依旧战旗红。

（挥戈退日，用《淮南子·览冥训》事："鲁阳公与韩构难，战酣日暮，援戈而㧑之，日为之反三舍。"这里用挥戈退日来歌颂抗日将领的豪迈气概。）

看方志敏同志手书有感　叶剑英

血染东南半壁红，忍将奇迹作奇功。
文山去后南朝月，又照秦淮一叶枫。

（文山句，用南宋末年江西人文天祥为抗敌救国而被俘，坚贞不屈，英勇就义的典故。文天祥曾有《酹江月》词，其中有"秦淮应是孤月"的句子。这里用文天祥的事迹来与方志敏烈士的事迹作映衬，用体现文天祥报国丹心的诗句来与方志敏烈士的手迹作映衬。）

用典作为一种修辞手法运用要适当，恰到好处，不能滥用，更不能为卖弄才学而故意使用僻典来为难读者。

（十一）诗词语言常见问题的分析

近体诗和词曲虽然是古代流传下来的，但至今受到广大群众的喜爱，今天仍然有不少人写作律诗、绝句和词。由于一些人对诗词格律不甚了解，常常会违反诗词的格律，比如押韵、平仄等规定。当然，写旧体诗不一定要按近体诗和词的格律，如果觉得格律太束缚思想，可以写古风，或者干脆写新诗。但是既然你的诗作要叫“七律”、“五绝”或者“水调歌头”等等，那就不能不讲究格律。

除了格律方面的问题之外，诗词写作中在语言方面常常可以见到如下一些问题，下面简单加以分析。

1. 错用古汉语词造成病句错句

有些人认为写诗词要典雅古朴，就必须用文言，但对古汉语又一知半解，所以常常望文生义，错用文言词语。比如写一位科学家科研成果丰硕：“攻关十三项，刊文五十篇。”殊不知“刊”的意思是“刊削”，不是“发表”，所以有“不刊之论”（非常正确、不容更改的言论）的说法。又如，某学生的论文请老教授审读，老教授为他改正了一个关键字，此人写诗感谢说：“多谢一字师，愿报三春晖。”“一字师”是大学问家的文章中有瑕疵，经别人指出后感谢那人时说的客气话，决不能用于学生称老师。

2. 生造词语，造成语病

词语都是语言社团约定俗成的，一个人说了别人要能懂。生造词语，别人无法理解，或者误解成别的意思，那么诗歌就无法传情达意。当然，词语是可以创造的，但创造词语必须符合词语的一般规律，符合语言社团的共同心理和习惯。生造的词语却不是这样，它们不合乎汉语词的一般构词规则，也不合乎中国人的思维习惯和言语心理，所以让人看着读着很别扭。生造词的原因，第一是出于不适当的组合——杂糅，比如，某人教师节献诗："秋霜染双鬓，春雨育栋贤。"某人写国庆献诗："四化骏速宏图展。""栋贤"、"骏速"之类就是杂糅。文白杂糅也是常见的语病，如"快疾"、"愚傻"、"观瞧"、"慈娘"等等。其实诗词并不是只能用文言的，诗词用白话，自古以来就不罕见，但是，风格要内部统一，不能文白杂糅。生造词的第二个原因出于不适当的压缩——削足适履。比如，某人教师节献诗："鲜花酬园丁，颂歌献魂师。"某人歌颂著名思想家："哲人已逝，精神依存。""魂师"是将"灵魂工程师"不适当地压缩了，"依存"应当是"依然长存"的意思，但不能压缩为"依存"，因为"依存"有另外的意思，即"依附……而存在"。

3. 语言陈旧

与生造词语相反的另一个极端就是语言陈旧，缺乏新鲜气息。诗歌的生命在于创新，形式、内容、风格、意境都要不断有新鲜的面貌，因此诗歌的语言一定要创新。韩愈所谓"惟陈言之务去"，对诗歌来说是永恒的任务。但是有些人词语贫乏，一写春天就是"桃红柳绿，鸟语花香"，一写冬景就是"大雪纷飞，寒风凛冽"，一写教师就是"桃李满天下"，一写形势就是"日新月异面貌改，翻天覆地气象新"。话虽不错，却无新意。《红楼梦》第三十八回说贾宝玉做了一首咏螃蟹的诗，林黛玉嘲笑说："这样的诗，一时要一百首也有。"就是说陈词滥调毫无意义。诗词不但要开掘新题材，拓展新领域，即使传统的题目，也要推陈出新，写出新意来。新意，当然就要有新的语言来表达。拿梅花这个题目来说，自古以来歌咏者无数，而只有用新鲜活泼充满个性的语言写出新意来的才能流传千古。林逋用"疏影横斜水清浅，暗香浮动月黄昏”这样清幽的语句写出了一个隐逸者的闲情逸致；陆游用“无意苦争春，一任群芳妒。零落成泥碾作尘，只有香如故”这样傲岸的语言，写出了一副逆境下的傲骨；而毛泽东则用“已是悬崖百丈冰，犹有花枝俏……待到山花烂漫时，她在丛中笑”这样全新的语言，写出了一位革命者在严酷时代奋不顾身和胜利之后功成不居的全新形象。同样写秋天，杜甫是“万里悲秋常作客，百年多病独登台”，刘禹锡是“我言秋色胜春朝”，而毛泽东则是“胜似春光，寥廓江天万里霜”。这样才不落俗套。

杜绝生造词语和语言推陈出新，两者并不矛盾。新语言不是凭空产生的。关键在于要善于学习，在掌握汉语原有的丰富词汇的基础上，按照汉语的规则进行创新。而新的语言，来自新的意境，靠的是对生活的深入体验，而不是靠堆砌词语和生造词语得到的。因此，要做一个诗人，首先就要做一个对生活敏感的人、具有丰富感情的人、勇于开拓创新的人。

诗 韵

上平声

【一东】充忡虫种崇匆葱骢聪丛东冻侗峒丰风枫酆冯工弓公功攻宫躬烘红洪虹鸿叿空倥珑胧砻笼聋隆窿幪蒙懵蓬穷穹戎绒融嵩通同恫桐铜童僮潼瞳筒翁芎雄熊中忠终盅衷螽(词韵属第一部)

【二冬】冲舂重憧从枞淙琮冬封峰烽蜂锋逢缝供恭蚣龚龙农侬浓脓邛蛩茸容溶蓉榕松忪淞彤佟疼凶匈汹胸佣邕庸雍墉慵壅镛喁颙钟宗踪纵(词韵属第一部)

【三江】邦窗淙缸釭江豇扛庞逄腔双舡降桩幢撞(词韵属第二部)

【四支】陂卑悲碑差蚩离鸱笞嗤痴螭魑池驰迟持治匙墀篪吹炊垂陲疵词祠茨瓷慈辞磁雌坻衰儿而规麾饥肌姬基畸箕羁亏窥逵馗葵夔羸累狸离梨犁漓璃篱罹蠡丽鹂骊郦眉嵋楣弥糜縻麋尼怩丕披皮疲陴脾罴貔欺祁岐歧奇崎琦其期淇骐骑棋琪祺旗綦耆鳍蕤筛蛇尸师狮诗施蓍时衰谁丝司私思斯厮虽睢绥隋随提推危逶为帷惟维委萎痿倭牺僖熙嘻嬉熹羲曦禧戏涯伊医漪噫仪夷宜台怡饴贻姨痍移遗颐疑嶷彝椅之芝知卮栀支枝肢胝脂隹追椎锥仔孜兹咨姿赀资淄缁滋辎訾(词韵属第三部)

【五微】飞妃非绯菲扉霏肥腓诽痱归挥晖徽讥机矶畿几饥圻颀威葳微薇巍韦围帏违希欷稀衣依沂(词韵属第三部)

【六鱼】初樗除滁锄蜍躇储居车狙苴菹疽趄裾雎沮据裾庐驴闾榈

虑且祛蛆渠蕖如茹洳书纾梳疏舒蔬涂屠胥虚嘘墟徐於淤于予余馀鱼渔舆与誉诸猪(词韵属第四部)

【七虞】逋晡刍厨蹰雏徂粗都敷夫肤麸凫孚夫扶芙蚨俘桴符苻拊枸孤菰姑沽鸪蛄酤觚辜呱乎呼弧狐胡壶湖葫瑚糊醐瓠拘驹句俱枯娄镂卢垆炉泸栌轳舻颅鲈鸬谟摹模膜奴孥驽拏铺蒲区岖驱躯趋劬瞿衢儒嚅濡襦枢姝殊输殳苏酥帑图徒涂荼途屠菟乌呜巫诬汙无芜毋吴吾梧须需喁于纡迂盂竽吁芋雩俞渝喻愉揄逾榆瑜觎禺愚隅臾谀萸腴娱虞龉朱茱侏诛邾洙株珠蛛铢驺诹租(词韵属第四部)

【八齐】篦堤氐低诋儿圭闺珪赍鸡笈嵇稽奎睽黎藜骊犁黎黧鹂骊迷靡泥倪霓猊麑批鈚鼙妻凄栖萋蹊齐脐畦蛴嘶撕梯提题醍鹈啼蹄缔兮西犀奚溪蹊醯携鷖荑栘(词韵属第三部)

【九佳】差钗侪柴豺侪乖骸怀淮槐阶皆喈秸街楷揩埋霾俳排牌腒偕谐鞋崖涯斋(以上词韵属第五部) 佳哇娃蛙蜗娲涯(以上词韵属第十部)

【十灰】杯崔催摧堆瑰徊槐灰诙恢虺回茴蛔盔魁傀雷枚玫梅媒煤脢禖莓酶徘坯醅陪培裴推颓偎隈煨桅嵬隗 (以上词韵属第三部) 哀唉埃皑猜才材财裁呆该陔垓赅咍孩咳颏槐开来崃徕莱腮胎台抬炱骀苔灾哉栽(以上词韵属第五部)

【十一真】宾滨缤彬斌濒豳瞋嗔尘陈臣辰晨春椿纯莼唇淳鹑醇皴巾矜津均钧筠麇竣邻鄰嶙辚磷鳞麟仑抡伦沦纶轮民岷珉缗泯闽贫频颦嫔苹亲秦溱逡囷人仁申伸身呻绅娠神屯辛莘新薪巡驯旬询峋恂洵荀循因姻茵氤湮堙垠狺寅银鄞夤匀珍真甄榛蓁臻畛振谆遵(词韵属第六部)

【十二文】贲分纷芬氛汾坟焚荤斤筋军君芹勤裙群文纹雯蚊闻昕欣勋熏薰曛醺殷垠龈员郧云雲芸耘氲(词韵属第六部)

【十三元】奔贲纯村存敦墩蹲炖恩根跟昆痕昏婚阍浑馄魂溷坤昆

琨髡鲲抡论门扪喷盆孙荪飧吞暾屯饨豚臀温埙垠蕴尊樽(以上词韵属第六部)番幡翻反藩烦樊蕃繁蘩犍蔫坦蜿宛掀轩暄喧萱谖焉言冤鸳鹓元园沅鼋原源嫄爰援媛袁猿辕垣(以上词韵属第七部)

【十四寒】安鞍般瘢餐残丹单郸殚掸箪端繁乾干奸肝矸竿观官冠倌棺寒韩汗翰邯邗欢獾洹桓萑刊看宽兰拦栏阑谰澜峦栾鸾滦銮裔瞒鳗曼馒蔓谩漫难潘盘磐蹒蟠胖珊跚姗酸摊滩叹坛檀弹湍团抟溥豌剜丸纨完莞攒钻(词韵属第七部)

【十五删】鹌扳班般颁斑斒孱潺关鳏纶还环寰鬟患艰间姦菅斓蛮谩攀悭山删潸讪弯湾顽彝闲娴颜殷(词韵属第七部)

下平声

【一先】边蝙编鞭单婵禅蝉缠鄽孱潺川穿传船遄椽单滇颠癫巅戋坚肩笺煎鞯溅娟捐涓鹃镌蠲连怜涟莲联零挛眠绵棉年扁偏篇翩蹁骈便千仟芊阡迁牵铅愆骞搴前虔犍键钱乾悛全诠铨荃痊筌权颧泉拳蜷然羶埏扇栓天田畋佃钿填阗仙籼祆先跹鲜弦贤涎舷悬宣玄旋璇癣燕咽烟胭湮阏焉蔫鄢嫣延妍研沿筵鸢渊员圆湲缘饘栴澶专砖颛(词韵属第七部)

【二萧】标飚杓镳髟弨超朝潮晁刁貂凋雕彫浇娇骄椒焦蕉聊辽僚嘹寮撩獠燎镣寥廖料苗猫描蛲剽漂飘瓢嫖锹乔侨荞桥轿谯憔樵翘饶娆荛烧韶佻挑祧条调蜩迢髫苕枭骁鸮嚣宵消霄绡逍硝销哨萧潇箫幺夭妖要腰邀尧姚陶谣摇遥瑶鹞窑钊招昭(词韵属第八部)

【三肴】坳包苞胞钞巢剿嘲交郊姣茭胶蛟鲛佼教茅猫铙抛脬泡刨咆庖炮匏跑敲鞘捎梢筲峭淆哮爻肴啁抓(词韵属第八部)

【四豪】敖熬翱骜鏖操曹嘈漕槽刀忉皋羔高膏篙蒿嚆号嗥豪毫壕咎尻捞劳涝牢醪毛旄髦猱搔骚缫臊艘涛滔韬绸饕洮挑逃桃陶淘萄遭糟(词韵属第八部)

【五歌】阿波番搓磋蹉嵯矬多讹俄娥峨鹅莪哦蛾茄哥歌柯戈锅过何诃呵禾和河荷苛珂科稞蝌罗萝锣箩骡螺摩磨魔那挪傩坡颇玻婆鄱皤莎娑梭蓑驮他它蛇佗陀沱驼鼍跎池倭涡窝靴(词韵属第九部)

【六麻】巴芭笆叉杈差茶查车爹瓜花华骅划桦加迦枷袈珈家痂笳葭嘉瘕嗟夸麻蟆拿葩杷爬琶茄沙纱裟鲨奢赊畲佘蛇哇娃洼娲蛙蜗虾遐瑕霞些邪斜丫呀鸦牙芽衙吾爷耶揶椰楂咤遮阇髽挝(词韵属第十部)

【七阳】昂帮仓沧苍藏昌猖阊长肠尝偿常场倡床创疮当铛裆筜珰方坊肪芳防妨房鲂彷冈岗刚纲钢光洸胱杭航颃行荒肓皇惶蝗遑煌凰隍篁黄潢璜簧姜将蒋浆僵缰疆康糠亢匡筐眶狂郎廊莨榔锒琅浪狼阆良凉梁粮粱踉量邙忙芒盲卬砊茫囊娘孃滂螃雱旁彷羌枪跄锵戕强墙嫱蔷樯抢庆禳瓤穰攘瀼桑丧伤殇汤商觞裳霜孀鹴汤唐塘搪糖堂棠螳镗汪尪王亡忘望乡香相厢湘缃箱襄骧镶详庠祥翔央泱殃秧鸯扬羊佯徉洋阳杨炀疡飏玚旸赃臧张章彰漳樟璋障獐妆庄装(词韵属第二部)

【八庚】绷浜兵并伧铛枪撑瞠成呈程诚城盛橙瞪澄丁玎更粳庚鹒赓羹耕觥亨珩横衡蘅轰訇宏闳纮泓京茎荆惊旌菁晶睛婧精鲸黥坑铿令盲虻氓甍萌盟名明鸣儜狞抨砰烹彭澎膨棚姘平苹枰评坪轻倾卿清情晴擎檠顷琼荣嵘生声牲笙甥猩行饧兄英瑛莺婴嘤缨樱鹦迎盈楹莹营萦嬴瀛贞侦桢争峥铮筝柽蛏征正(词韵属第十一部)

【九青】丁仃钉玎叮经泾扃灵棂令泠拎伶囹苓玲瓴铃翎聆零龄铭冥溟暝瞑螟宁咛娉屏瓶萍青蜻厅汀听町廷庭蜓霆亭停馨星醒惺腥刑邢形陉型荥荧萤(词韵属第十一部)

【十蒸】冰层称丞承澂惩乘灯登肱恒薨弘矜兢棱凌陵菱绫瞢能凝朋鹏凭冯扔仍僧升胜渑绳腾誊滕藤兴应膺鹰蝇曾增憎缯罾矰徵蒸(词韵属第十一部)

【十一尤】彪髟不抽瘳仇俦畴筹惆绸稠愁酬兜罘浮桴蜉句沟钩侯

喉猴鸠丩朻阄啾抠馗刘浏琉硫流留骝榴瘤娄偻楼蝼髅搂篓矛缪牟眸侔谋牛区讴欧瓯鸥呕沤丘邱蚯秋楸囚泅求裘俅逑球酋遒柔揉蹂收售搜偷头投休修羞貅繇优忧攸幽悠尤疣由邮油游猷犹州洲舟周赒啁邹陬(词韵属第十二部)

【十二侵】岑郴琛沉沈忱谌今金襟禁林临淋琳霖黔侵钦衾琴禽擒壬任参森深心歆寻浔阴音喑吟淫簪针箴斟湛椹(词韵属第十三部)

【十三覃】庵谙参骖蚕惭耽眈擔儋淦甘柑酣含函涵颔龛堪戡岚婪蓝襤篮男南楠三贪探谈郯痰澹覃谭潭镡昙簪(词韵属第十四部)

【十四盐】砭觇幨蟾敁尖歼兼缣渐奁帘廉镰蒹拈粘鲇谦佥签箝潜黔冉髯苫添恬甜纤銛暹嫌崦淹醃阉严炎盐阎檐占沾粘詹瞻(词韵属第十四部)

【十五咸】黯掺搀谗馋巉帆凡监缄喃嵌杉衫芟咸衔巉岩鋄(词韵属第十四部)

上声

【一董】董懂动洞俸汞澒倥孔蠓笼拢桶侗蓊总(词韵属第一部)

【二肿】宠奉巩拱珙恐陇垄捧冗悚怂耸竦汹拥壅甬俑恿勇涌蛹踊肿种冢踵重(词韵属第一部)

【三讲】蚌棒港讲耩项(词韵属第二部)

【四纸】被匕比妣彼鄙婢髀弛侈齿耻褫揣捶此砥坻尔迩耳宄轨诡癸晷跪毁几麂机纪妓技揆跬岿诔垒累耒李逦里悝俚娌理鲤履美靡弭你拟圮否痞仳企杞起绮蕊史矢屎豕使始驶士仕氏恃市视舐是水死巳祀汜涘似姒耜兕俟髓唯委玺徙喜迤已以苡矣倚徵止只旨址纸抵芷咫指枳趾峙痔豸雉仔子姊秭梓紫滓訾(词韵属第三部)

【五尾】菲蜚匪斐朏鬼虫虺卉幾虮岂尾娓伟苇炜韪(词韵属第三部)

【六语】杵础楚褚处咀沮举莒巨讵拒炬距吕侣旅膂宁女去茹汝抒纾暑黍鼠墅所许序绪予与屿语圄圉御渚煮杼贮著阻俎(词韵属第四部)

【七麌】补部簿堵赌睹杜肚抚甫府拊斧俯脯辅腑滏腐父枸估酤古诂股牯鼓瞽雇虎浒琥户沪怙祜扈贾矩聚苦姥娄偻卤虏鲁橹缕莽努弩怒剖圃浦普溥谱取乳树竖数土吐五午伍武侮鹉舞诩栩煦伛宇羽雨禹庾麌愈主拄柱组祖(词韵属第四部)

【八荠】陛诋邸坻底抵弟递济礼澧醴蠡祢米启荠醍体悌涕洗(词韵属第三部)

【九蟹】矮摆拐骇解楷锴买洒蟹獬(词韵属第五部)

【十贿】倍蓓璀悔汇贿蕾每浼猥 (以上词韵属第三部) 采彩待怠殆改海醢亥恺铠颏乃鼐宰载在 (以上词韵属第五部)

【十一轸】蠢盾紧尽窘菌嶙闵泯悯敏牝忍肾蜃吮笋隼尹引蚓允陨殒诊轸畛缜稹朕赈准(词韵属第六部)

【十二吻】粉忿愤谨槿近刎吻殷隐恽蕴(词韵属第六部)

【十三阮】本畚沌盾衮鲧很混垦恳捆阃损稳 (词韵属第六部) 阪反返饭犍蹇娩绻阮宛蜿婉琬晚偃堰远苑 (词韵属第七部)

【十四旱】伴但诞短断馆管琯盥旱悍罕缓浣侃款懒卵满懑暖伞散算坦袒疃碗趱瓒纂缵(词韵属第七部)

【十五潸】板版产孱拣柬简赧潸莞绾限眼盏栈撰(词韵属第七部)

【十六铣】扁匾辩辨辫阐喘舛典茧翦蹇件饯践键卷免沔勉眄冕缅腼辇撚辗浅遣缱犬畎蠕软单善殄腆铣鲜藓冼显岘跣燹岘选癣衍演兖宴展栈转篆(词韵属第七部)

【十七筱】表掉皎矫缭燎蓼了眇秒淼渺缈藐鸟袅扰娆绕少绍挑窕小晓筱夭杳窈沼兆赵(词韵属第八部)

【十八巧】拗饱鲍炒姣狡绞搅卯挠巧爪(词韵属第八部)

【十九皓】袄媪宝保堡葆褓鸨抱草岛倒祷道稻杲缟槁镐好昊浩皓颢灏考老潦恼脑嫂讨早枣蚤澡藻皂造燥(词韵属第八部)

【二十哿】跛簸朵垛堕惰哿舸果裹荷火祸坷轲可颗卵裸娜颇叵琐锁柁妥我左坐(词韵属第九部)

【二十一马】把寡踝贾瘕假马且惹若洒舍社瓦下夏厦写泻哑雅也冶野者赭(词韵属第十部)

【二十二养】盎榜长厂敞氅党谠荡仿纺放广沆晃幌桨奖蒋慷朗两魉莽漭蟒囊抢强襁壤攘颡赏上爽傥网往枉罔惘魍享响想象像橡泱鞅仰养痒怏掌丈仗杖(词韵属第二部)

【二十三梗】丙秉炳饼逞骋打哽耿梗鲠井颈景憬警靖境静冷岭领猛皿顷请省杏荇幸郢颍颖影永整(词韵属第十一部)

【二十四迥】等酊顶打鼎到迥炯泂肯茗酩町挺艇醒拯(词韵属第十一部)

【二十五有】丑醜斗陡蚪缶否妇负阜狗苟笱枸垢吼后後厚九久玖韭酒臼咎舅口扣柳某母亩牡拇忸钮偶耦藕糗取手守首寿受绶叟擞朽友有酉莠牖黝右诱肘帚纣走(词韵属第十二部)

【二十六寝】禀锦廪凛懔品寝荏稔衽恁沈审婶甚饮枕朕(词韵属第十三部)

【二十七感】惨胆黕啖澹敢感橄赣喊颔撼坎览揽榄嵌糁毯(词韵属第十四部)

【二十八琰】贬谄点玷簟俭检渐敛脸歉芡冉苒染剡闪陕忝险奄崦俨广掩琰焰(词韵属第十四部)

【二十九豏】黯犯范喊减碱舰槛阚滥豏斩湛(词韵属第十四部)

去声

【一送】冻栋湩洞讽凤贡哄空控倥鞚弄砻梦送恸痛瓮中仲众粽(词韵属第一部)

【二宋】从封葑缝俸供共恐讼宋诵颂统雍用种重综纵(词韵属第一部)

【三绛】淙虹降洚绛巷撞幢(词韵属第二部)

【四置】陂被备鼻比庇贲畀毖痹避臂厕翅啻吹次刺赐萃粹翠悴地饵珥二贰柜毁彗恚记忌芰骑季悸觊寄暨冀骥匮馈篑喟愧泪类累吏利痢莉詈莅秘媚寐魅泌腻辔譬企弃器瑞施使示视事侍试弑谥嗜帅率睡思四驷泗寺伺饲嗣肆祟谇遂隧燧邃穗睢为伪诿萎位遗戏义议缢食异易谊意肄劓懿值至致緻稚志治疐挚贽鸷智痣寘置坠惴字自恣眥渍醉(词韵属第三部)

【五未】诽翡沸费痱狒贵卉彙讳既暨溉气忾纬未味畏胃谓渭猬尉蔚慰魏衣毅(词韵属第三部)

【六御】处沮讵据踞倨遽虑女去洳茹疏署曙薯恕庶嘘絮与语驭预御誉豫助著翥诅(词韵属第四部)

【七遇】哺捕餔布佈怖步醋措错厝妒度渡镀蠹讣付附驸赴傅赋酤固故锢顾雇互沍护瓠句聚具惧瞿屦苦库裤赂辂路璐潞露鹭募墓慕暮怒铺圃驱娶趣孺输戍树澍数诉素塑溯吐兔菟恶忤务骛雾鹜捂晤误悟寤酗煦雨妪谕寓裕遇觎吁芋住注驻铸祚(词韵属第四部)

【八霁】币闭毙敝蔽薜濞毳脆逮帝谛缔蒂螮弟娣睇第递棣桂鳜彗惠慧蕙挤计际剂济霁继偈祭蓟厉丽励例戾隶荔砺唳捩袂谜泥妻契憩砌芮锐世贳势逝誓噬税说岁剃涕替蜕卫系细婿禊曳艺呓诣羿裔翳制彘滞缀赘(词韵属第三部)

【九泰】贝狈兑会绘桧荟脍酹粝沛旆霈蜕最蕞(以上词韵属第三部)

霭蔼艾蔡大带盖丐害赖籁濑癞奈太汰泰外(以上词韵属第五部)

【十卦】隘呗败拜稗惫虿怪坏届介芥界疥戒诫蒯快喟聩迈卖派湃晒杀械解懈邂瀣薤债(以上词韵属第五部) 卦挂画话(以上词韵属第十部)

【十一队】背孛悖辈淬粹队对吠废肺诲晦喙秽溃块耒酹妹昧内佩配碎退乂刈 (以上词韵属第三部) 爱暧碍裁菜代岱贷玳逮戴黛概溉慨赉睐鼐耐塞赛态栽载再在(以上词韵属第五部)

【十二震】傧摈殡鬓衬嚫榇趁仅馑瑾进晋搢烬缙觐俊峻浚骏磷遴吝蔺躏亲鼓刃仞轫韧认闰润娠慎蜃顺舜瞬信衅讯汛迅徇殉印胤慭诊阵振赈镇填震谆(词韵属第六部)

【十三问】分忿奋粪近靳郡汶紊闻问璺训隐员运郓晕愠蕴酝韵(词韵属第六部)

【十四愿】寸敦钝顿遁艮恨溷困论闷嫩喷揾逊巽(以上词韵属第六部)饭贩建健曼蔓鳗劝券万宪献楦郾堰远怨苑愿(以上词韵属第七部)

【十五翰】岸按案半绊粲灿璨窜爨旦弹惮断段锻椴干旰观冠馆贯盥灌鹳爟汉汗悍捍鼾翰瀚奂唤换涣焕漶侃看谰烂乱谩幔漫缦难判泮叛胖散蒜算摊滩叹炭彖玩惋腕赞钻(词韵属第七部)

【十六谏】扮瓣办篡惯串鳏幻宦患豢间涧锏谏谩慢盼讪汕疝绾苋晏鷃雁赝栈轏绽(词韵属第七部)

【十七霰】卞弁汴便变遍颤钏电佃甸钿淀奠殿见饯荐贱溅箭卷倦狷绢眷练恋面眄片遣谴缱茜倩煽扇善膳缮擅嬗单禅现县线羡霰旋选炫眩绚唁咽研彦谚砚宴堰燕援院掾媛瑗辗战传转啭馔(词韵属第七部)

【十八啸】骠裱吊钓调掉茑叫徼峤轿醮疗嘹燎料妙庙尿剽漂诮峭窍娆绕烧少邵哨眺粜肖笑啸要鹞曜耀召诏照(词韵属第八部)

【十九效】拗豹爆较教窖酵觉乐貌闹淖炮敲稍孝效校罩棹(词韵属

第八部)

【二十号】傲奥澳懊骜报暴操糙漕导倒蹈到悼盗膏缟告诰部好耗号犒靠劳涝旄冒帽瀑灶造噪躁(词韵属第八部)

【二十一箇】簸挫大惰饿个箇过和贺货坷轲课逻磨那奈破唾卧些左佐坐座(词韵属第九部)

【二十二祃】靶罢霸灞坝侘诧化华桦价驾架假嫁稼借藉胯跨祃骂怕帕髂舍射麝赦暇下夏罅泻卸谢榭亚娅讶迓夜乍诈榨蜡吒姹咤柘蔗鹧炙(词韵属第十部)

【二十三漾】盎傍谤偿怅畅唱创当挡宕砀荡访舫放匠将酱亢伉抗炕吭诳况旷圹纩浪两亮谅量掠踉跄酿让丧上尚傥汤妄忘王旺望相饷向怏恙样漾藏脏奘葬长涨仗帐障嶂瘴壮状(词韵属第二部)

【二十四敬】榜柄并偋迸病更横劲净靓竞竟敬镜令盟孟命娉聘倩庆圣晟盛行姓性映硬咏泳正证诤郑政(词韵属第十一部)

【二十五径】蹭称秤乘邓橙蹬凳瞪订饤钉定锭亘径胫迳令暝佞宁泞磬罄胜剩听兴应莹塍孕赠甑证(词韵属第十一部)

【二十六宥】臭凑斗豆逗窦读复覆副富句詗诟姤构购媾遘后逅厚候睺究旧灸疚柩救就鹫僦厩扣寇蔻溜留瘤霤飗廖陋漏镂贸茂懋袤谬缪沤踣煣寿守狩兽售授绶瘦漱嗾透戊秀绣岫袖宿畜柚鼬又幼右佑侑囿宥宙昼胄籀咮咒绉皱骤走奏(词韵属第十二部)

【二十七沁】谶浸禁噤临赁沁任妊衽甚渗荫饮枕鸩谮(词韵属第十三部)

【二十八勘】暗闇担淡啖澹淦绀赣憨憾勘瞰阚缆滥三暂錾(词韵属第十四部)

【二十九艳】店坫垫僭敛殓潋念埝欠堑苫赡焰焱验艳滟厌餍酽占(词韵属第十四部)

【三十陷】忏泛汎帆梵剑鉴欠嵌歉陷钐站蘸赚(词韵属第十四部)

入声

【一屋】暴卜矗俶簇蹙蹴读渎椟牍犊黩髑独伏茯服匐幅福辐蝠复腹蝮覆馥毂谷斛掬菊哭六陆禄碌戮鹿辘麓木沐牧目苜睦穆仆扑朴濮瀑麹肉叔淑菽孰塾熟夙肃速宿谡缩秃屋畜蓄育毓囿郁煜鬻粥轴舳竹竺筑逐祝咒啄镞族(词韵属第十五部)

【二沃】触促督笃毒告鹄梏局酷录渌逯绿曲辱褥缛蓐赎蜀束俗粟沃旭顼勖续玉狱浴欲烛躅属瞩足(词韵属第十五部)

【三觉】雹剥驳角觉桷壳邈藐搦璞朴确榷数朔喔幄握学岳乐卓捉浊琢啄涿斫擢濯镯(词韵属第十六部)

【四质】笔必毕弼叱出怵黜吉佶疾嫉蒺诘橘栗律率汩泌密谧蜜暱匹七漆日瑟失虱实室秫术述帅蟀悉膝戌恤一壹乙佚轶逸溢聿侄质栉秩窒卒(词韵属第十七部)

【五物】不吃佛弗拂绂倔崛掘乞讫迄诎屈勿芴物屹鬱(词韵属第十八部)

【六月】孛悖饽勃渤猝咄阏发伐垡罚阀筏纥骨鹘汩核忽笏滑讦揭碣竭羯掘厥蕨蹶堀窟没殁讷阙突凸袜兀歇谒蝎曰月刖粤钺越樾卒(词韵属第十八部)

【七曷】拔跋拨钵撮达妲怛咄夺掇遏割葛聒喝曷褐豁活渴括阔剌捋抹末沫秣捺泼萨适獭挞闼脱斡(词韵属第十八部)

【八黠】八拔察嘎刮滑猾戛秸杀刹刷瞎辖鎋黠刖札轧(词韵属第十八部)

【九屑】鳖别蹩彻掣撤澈啜辍跌迭瓞掇揭节疖杰桀洁结颉碣决诀抉玦绝谲劣列冽烈裂灭篾蔑捏涅啮臬孽蘖瞥撇挈切窃缺热舌设说铁撷

泄屑亵薛穴雪血咽噎悦阅折哲辙浙侄拙(词韵属第十八部)

【十药】泊箔亳博搏箔膊薄礴焯绰厝错度铎踱恶萼锷谔鄂愕噩鳄缚阁各郭郝涸貉鹤壑获霍藿蠖镬脚爵嚼矍攫恪廓烙酪乐掠略洛络骆落摸膜莫寞漠幕疟虐诺粕魄却雀鹊弱若勺芍烁铄索托橐拓柝箨削谑药约钥跃凿著灼酌缴昨作柞酢(词韵属第十六部)

【十一陌】白百柏辟碧璧伯帛舶擘册策坼尺斥赤额厄革格骼鬲隔虢核翮赫画获迹屐积脊瘠籍藉戟剧客麦脉陌貊逆拍癖僻迫珀魄碛射石適释螫硕夕汐昔惜席隙吓掖液腋亦役疫译绎驿奕弈益易蜴择泽责啧咋栅摘翟宅窄谪摭只炙掷(词韵属第十七部)

【十二锡】壁吃的滴镝狄翟籴敌涤荻笛迪嫡击绩勣激寂历沥枥雳栎砾觅幂溺霹戚剔踢惕倜逖析淅晰蜥锡觋檄阒(词韵属第十七部)

【十三职】北逼愎侧恻测饬敕得德国劾黑或惑即鲫极亟殛稷棘克刻勒肋力墨默匿塞色啬穑识食蚀饰式拭轼忒特息熄嶷亿忆肊弋抑翌翼域蜮则贼仄织职直植殖陟(词韵属第十七部)

【十四缉】给缉辑楫及岌汲级笈急集立笠粒泣葺入涩湿十什拾吸翕歙习袭隰揖邑挹熠执蛰(词韵属第十七部)

【十五合】答鸽蛤合盍阖嗑溘拉腊蜡纳衲飒塔榻塌沓踏匝杂(词韵属第十九部)

【十六叶】谍喋牒蝶蹀堞叠楫荚浃铗颊接婕捷睫猎鬣聂蹑镊妾惬箧霎涉慑摄贴帖侠协挟燮叶烨靥辄摺褶(词韵属第十八部)

【十七洽】插乏法夹甲钾劫掐恰洽怯呷匣狎峡狭胁压押鸭业邺眨(词韵属第十九部)

词谱举例

以下词谱选自清代舒梦兰的《白香词谱》。○表示平声，●表示仄声，⊙表示可平可仄，△表示押平声韵，▲表示押仄声韵。

一、菩萨蛮 ［唐］李白

平林漠漠烟如织，

⊙○⊙●○○▲

寒山一带伤心碧。

⊙○⊙●○○▲

暝色入高楼，

⊙●⊙○△

有人楼上愁。

⊙○○●△

玉阶空伫立，

⊙○○●▲

宿鸟归飞急。

⊙●⊙○▲

何处是归程，

⊙●●○△

长亭更短亭。

⊙○⊙●△

二、忆秦娥　［唐］李白

箫声咽，

○⊙▲

秦娥梦断秦楼月。

○○⊙●○○▲

秦楼月，（叠三字）

○○▲

年年柳色，

⊙○⊙●

灞陵伤别。

●○○▲

乐游原上清秋节，

⊙○⊙●○○▲

咸阳古道音尘绝。

⊙○⊙●○○▲

音尘绝，（叠三字）

○○▲

西风残照，

⊙○⊙●

汉家陵阙。

●○○▲

三、调笑令 ［唐］王建

团扇，

○▲

团扇，（叠句）

○▲

美人病来遮面。

●⊙⊙○○▲

玉颜憔悴三年，（换平韵）

⊙○⊙●○△

谁复商量管弦。

⊙●○○●△

弦管，（上句末二字颠倒，换仄韵）

○▲

弦管，（叠句）

○▲

春草昭阳路断。

⊙●⊙○⊙▲

四、长相思 ［唐］白居易

汴水流，

●⊙△

泗水流，

●⊙△

流到瓜州古渡头，

⊙●○○⊙●△

吴山点点愁。

⊙○⊙●△

思悠悠，

●○△

恨悠悠，

●○△

恨到归时方始休，

⊙●○○⊙●△

月明人倚楼。

●○○●△

五、更漏子 ［唐］温庭筠

柳丝长，

●○○

春雨细，

○●▲

花外漏声迢递。

⊙●⊙○⊙▲

惊塞雁，

○●●

起城乌，（换平韵）

●○△

画屏金鹧鸪。

●○○●△

香雾薄，（换仄韵）

○⊙▲

透重幕，

⊙○▲

惆怅谢家池阁。

⊙●⊙○⊙▲

红烛背，

○●●

绣帘垂，（换平韵）

●○△

梦君君不知。

●○○●△

六、忆江南　［南唐］李煜

多少恨，

○⊙●

昨夜梦魂中。

⊙●●○△

还似旧时游上苑，

⊙●⊙○○●●

车如流水马如龙，

⊙○⊙●●○△

花月正春风。

⊙●●○△

七、捣练子 ［南唐］李煜

深院静，

⊙●●

小庭空，

●○△

断续寒砧断续风。

⊙●○○⊙●△

无奈夜长人不寐，

⊙●⊙○○●●

数声和月到帘栊。

●○⊙●●○△

八、相见欢 ［南唐］李煜

无言独上西楼，

⊙○⊙●○△

月如钩，

●○△

寂寞梧桐深院锁清秋。

⊙●⊙○○●●○△

剪不断，（换仄韵）

●⊙▲

理还乱，

⊙○▲

是离愁。（换前平韵）

●○△

别是一番滋味在心头。

⊙●⊙○○●●○△

九、浪淘沙 ［南唐］李煜

帘外雨潺潺，

⊙●●○△

春意阑珊。

⊙●○△

罗衾不耐五更寒。

⊙○⊙●●○△

梦里不知身是客，

⊙●⊙○○●●

一晌贪欢。

⊙●○△

独自莫凭栏，

⊙●●○△

无限江山。

⊙●○△

别时容易见时难。

⊙○⊙●●○△

流水落花春去也，

⊙●⊙○○●●

天上人间。

⊙●○△

十、虞美人 ［南唐］李煜

春花秋月何时了，

⊙○⊙●○○▲

往事知多少。

⊙●○○▲

小楼昨夜又东风，（换平韵）

⊙○⊙●●○△

故国不堪回首月明中。

⊙●●○⊙●●○△

雕栏玉砌应犹在，（换仄韵）

⊙○⊙●○○▲

只是朱颜改。

⊙●○○▲

问君能有几多愁？（换平韵）

⊙○⊙●●○△

恰似一江春水向东流。

⊙●●○⊙●●○△

十一、渔家傲 ［宋］范仲淹

塞下秋来风景异，

●●⊙○○●▲

衡阳雁去无留意。

⊙○⊙●○○▲

四面边声连角起，

⊙●⊙○○●▲

千障里，

○⊙▲

长烟落日孤城闭。

⊙○⊙●○○▲

浊酒一杯家万里，

●●⊙○○●▲

燕然未勒归无计。

⊙○⊙●○○▲

羌管悠悠霜满地，

⊙●⊙○○●▲

人不寐，

○⊙▲

将军白发征夫泪。

⊙○⊙●○○▲

十二、西江月 ［宋］司马光

宝髻松松挽就，

⊙●⊙○⊙●

铅华淡淡妆成。

⊙○⊙●○△

红烟翠雾罩轻盈，

⊙○⊙●●○△

飞絮游丝无定。

⊙●⊙○⊙▲　（叶仄韵）

相见争如不见，

⊙●⊙○⊙●

有情还似无情。

⊙○⊙●○△　（叶平韵）

笙歌散后酒微醒，

⊙○⊙●●○△

深院月明人静。

⊙●⊙○⊙▲　（叶仄韵）

十三、桂枝香　［宋］王安石

登临纵目，

○○●▲

正故国晚秋，

●●●⊙○

天气初肃。

⊙⊙○▲

千里澄江似练，

⊙●○○⊙●

翠峰如簇。

●○○▲

征帆去棹残阳里，

⊙○⊙●○○●

背西风，

●○○

酒旗斜矗。

⊙○○▲

彩舟云淡，

●○○○●

星河鹭起，

⊙○⊙●

画图难足。

●○○▲

念往昔豪华竞逐，

●⊙●○○●▲

叹门外楼头，

●⊙●○○

悲恨相续。

⊙⊙○▲

千古凭高对此，

⊙●○○⊙●

漫嗟荣辱。

●○○▲

六朝旧事随流水，

⊙○⊙●○○●

但寒烟、

●○○

衰草凝绿。

⊙⊙○▲

至今商女，

●○○●

时时犹唱，

⊙○⊙●

后庭遗曲。

●○○▲

十四、雨霖铃 ［宋］柳永

寒蝉凄切，

○○○▲

对长亭晚，

●○○●

骤雨初歇。

●⊙○▲

都门帐饮无绪，

○○●●○●

方留恋处，

○○●●

兰舟催发。

○○○▲

执手相看泪眼，

●●○○●●

竟无语凝噎。

●○●○▲

念去去、

●●●

千里烟波，

○●○○

暮霭沉沉楚天阔。

●●○○●○▲

多情自古伤离别，

○○●●○○▲

更那堪、

●○○

冷落清秋节。

●●○○▲

今宵酒醒何处，

○○●●○●

杨柳岸、

○●●

晓风残月。

●○○▲

此去经年，

●●○○

应是良辰好景虚设。

○●○○●●○▲

便纵有、

●●●

千种风流，

○●○○

更与何人说。

●●○○▲

十五、卜算子　［宋］苏轼

水是眼波横，

⊙●●○○

山是眉峰聚。

⊙●○○▲

欲问行人去那边，

⊙●○○●●○

眉眼盈盈处。

⊙●○○▲

才始送春归，

⊙●●○○

又送君归去。

⊙●○○▲

若到江南赶上春，

⊙●○○●●○

千万和春住。

⊙●○○▲

十六、蝶恋花 ［宋］苏轼

花褪残红青杏小，

⊙●⊙○○●▲

燕子飞时，

⊙●○○

绿水人家绕。

⊙●○○▲

枝上柳绵吹又少，

⊙●⊙○○●▲

天涯何处无芳草。

⊙○⊙●○○▲

墙里秋千墙外道，

⊙●⊙○○●▲

墙外行人，

⊙●○○

墙里佳人笑。

⊙●○○▲

笑渐不闻声渐悄，

⊙●⊙○○●▲

多情却被无情恼。

⊙○⊙●○○▲

十七、水调歌头 ［宋］苏轼

明月几时有，

⊙●●○●

把酒问青天。

⊙●●○△

不知天上宫阙，

⊙○⊙●○●

今夕是何年。

⊙●●○△

我欲乘风归去，

⊙●○○⊙●

又恐琼楼玉宇，

⊙●○○⊙●

高处不胜寒。

⊙●●○△

起舞弄清影，

⊙●●○●

何似在人间。

⊙●●○△

转朱阁，

●⊙●

低绮户，

⊙●●

照无眠。

●○△

不应有恨，

⊙○⊙●

何事偏向别时圆。

○●○●●○△

人有悲欢离合，

⊙●○○⊙●

月有阴晴圆缺，

⊙●○○⊙●

此事古难全。

⊙●●○△

但愿人长久，

⊙●⊙○●

千里共婵娟。

⊙●●○△

十八、清平乐 ［宋］黄庭坚

春归何处，

○○⊙▲

寂寞无行路。

⊙●○○▲

若有人知春去处，

⊙●⊙○○⊙▲

唤取归来同住。

⊙●⊙○⊙▲

春无踪迹谁知，（换平韵）

⊙○⊙●○△

除非问取黄鹂。

⊙○⊙●○△

百啭无人能解，

⊙●⊙○⊙●

因风飞过蔷薇。

⊙○⊙●○△

十九、如梦令 ［宋］秦观

莺嘴啄花红溜，

⊙●⊙○⊙▲

燕尾剪波绿皱。

⊙●⊙○⊙▲

指冷玉笙寒，

⊙●●○○

吹彻小梅春透。

⊙●⊙○⊙▲

依旧，

○▲

依旧，（叠句）

○▲

人与绿杨俱瘦。

⊙●⊙○⊙▲

二十、鹊桥仙 ［宋］秦观

纤云弄巧，

⊙○⊙●

飞星传恨，

⊙○⊙●

银汉迢迢暗度。

⊙●⊙○⊙▲

金风玉露一相逢，

⊙○⊙●●○○

便胜却、

●⊙●

人间无数。

○○⊙▲

柔情似水，

⊙○⊙●

佳期如梦，

⊙○⊙●

忍顾鹊桥归路。

⊙●⊙○⊙▲

两情若是久长时，

⊙○⊙●●○○

又岂在、

●⊙●

朝朝暮暮。

○○⊙▲

二十一、减字木兰花 ［宋］王安国

画桥流水，

⊙○⊙▲

雨湿落红飞不起。

⊙●⊙○○●▲

月破黄昏，

⊙●○△　（换平韵）

帘里余香马上闻。

⊙●○○⊙●△

徘徊不语，

⊙○⊙▲　（换仄韵）

今夜梦魂何处去。

⊙●⊙○○●▲

不似垂杨，

⊙●○△　（换平韵）

犹解飞花入洞房。

⊙●○○⊙●△

二十二、贺新郎 ［宋］辛弃疾

把酒长亭说，

⊙●○○▲

看渊明、

●○○

风流酷似，

⊙○●●

卧龙诸葛。

⊙○○▲

何处飞来林间鹊，

○●○○○⊙●

蹙踏松梢微雪。

⊙●○○⊙▲

要破帽、

●⊙●

多添华发。

⊙○○▲

剩水残山无态度，

⊙●⊙○○●●

被疏梅、

●○○

料理成风月。

⊙●○○▲

三两雁，

○●●

也萧瑟。

●○▲

佳人重约还轻别。

○○●●○○▲

怅清江、

●○○

天寒不渡，

○○●●

水深冰合。

●○○▲

路断车轮生四角，

⊙●⊙○○⊙●

此地行人销骨。

⊙●○○⊙▲

问谁使、

●⊙●

君来愁绝。

○○○▲

铸就而今相思错，

⊙●⊙○○⊙●

料当初、

●○○

费尽人间铁。

⊙●○○▲

长夜笛，

○●●

莫吹裂。

●○▲

二十三、沁园春 ［宋］陆游

孤鹤归来，

⊙●○○

再过辽天，

●●○○

换尽旧人。

⊙●⊙△

念累累枯冢，

●⊙○⊙●

茫茫梦境，

⊙○⊙●

王侯蝼蚁，

⊙○⊙●

毕竟成尘。

⊙●○△

载酒园林，

⊙●○○

寻花巷陌，

⊙○⊙●

当日何曾轻负春。

⊙●○○⊙●△

流年改，

○○●

叹围腰带剩，

⊙○○●●

点鬓霜新。

●●○△

交亲散落如云。

○○●●○△

又岂料而今余此身。

●⊙●○○⊙●△

幸眼明身健，

●⊙○⊙●

茶甘饭软，

⊙○⊙●

非惟我老，

⊙○⊙●

更有人贫。

⊙●○△

躲尽危机，

⊙●○○

消残壮志，

⊙○⊙●

短艇湖中闲采蘋。

⊙●○○⊙●△

吾何恨，

○○●

有渔翁共醉，

●○○●●

溪友为邻。

⊙●○△

二十四、一剪梅 ［宋］蒋捷

一片春愁待酒浇。

⊙●○○●●△

江上舟摇，

⊙●○△

楼上帘招，

⊙●○△

秋娘容与泰娘娇。

⊙○⊙●●○△

风又飘飘，

⊙●○△

雨又潇潇。

⊙●○△

何日云帆卸浦桥。

⊙●○○●●△

银字筝调，

⊙●○△

心字香烧，

⊙●○△

流光容易把人抛。

⊙○⊙●●○△

红了樱桃，

⊙●○△

绿了芭蕉。

⊙●○△

二十五、水龙吟 ［宋］张炎

仙人掌上芙蓉，

○○⊙●○○

涓涓犹滴金盘露。

⊙○⊙●○○▲

轻妆照水，

⊙○●●

纤裳玉立，

⊙○●●

飘飘似舞。

⊙○●▲

几度消凝，

⊙●○○

满湖烟月，

⊙○○●

一汀鸥鹭。

⊙○○▲

记小舟夜悄，

●⊙○⊙●

波明香远，

⊙○⊙●

浑不见、

⊙●●

花开处。

○○▲

应是浣纱人妒，

⊙●⊙○○▲

褪红衣、

●○○

被谁轻误。

⊙○○▲

闲情淡雅，

⊙○●●

冶姿清润，

⊙○○●

凭娇待语。

⊙○●▲

隔浦相逢，

⊙●○○

偶然倾盖，

⊙○○●

似传心素。

⊙○○▲

怕湘皋佩解，

●○○●●

绿云十里，

⊙○⊙●

卷西风去。

●○○▲

二十六、采桑子 ［宋］朱藻

幛泥油壁人归后，

⊙○⊙●○○●

满院花阴，

⊙●○△

楼影沉沉，

⊙●○△

中有伤春一片心。

⊙●○○⊙●△

闲穿绿树寻梅子，

⊙○⊙●○○●

斜日笼明，

⊙●○△

团扇风轻，

⊙●○△

一径黄花不避人。

⊙●○○⊙●△

二十七、声声慢 ［宋］李清照

寻寻觅觅，

○○●●

冷冷清清，

●●○○

凄凄惨惨戚戚。

○○●●○▲

乍暖还寒时候，

⊙●⊙○⊙●

最难将息。

⊙○○▲

三杯两盏淡酒，

○○●○⊙●

怎敌他、

●●○

晚来风急。

●○○▲

雁过也，

●●●

正伤心、

●○○

却是旧时相识。

⊙●⊙○⊙▲

满地黄花堆积。

⊙●⊙○⊙▲

憔悴损，

○●●

如今有谁堪摘。

⊙⊙●○⊙▲

守着窗儿，

●●○○

独自怎生得黑？

⊙●⊙○⊙▲

梧桐更兼细雨，

○○●○⊙●

到黄昏、

●○○

点点滴滴。

●○○▲

这次第，

●●●

怎一个、

●●●

愁字了得。

○●●▲

二十八、鹧鸪天 ［宋］聂胜琼

玉惨花愁出凤城，

⊙●○○●●△

莲花楼下柳青青。

⊙○⊙●●○△

尊前一唱阳关曲，

⊙○⊙●○○●

别个人人第五程。

⊙●○○●●△

寻好梦，梦难成，

○●● ●○△

况谁知我此时情。

⊙○⊙●●○△

枕前泪共阶前雨，

⊙○⊙●○○●

隔个窗儿滴到明。

⊙●○○●●△

二十九、望海潮 ［金］折元礼

地雄河岳，

⊙○○●

疆分韩晋，

○○⊙●

潼关高压秦头。

⊙○⊙●○△

山倚断霞，

⊙●●○

江吞绝壁，

○○●●

野烟萦带沧洲。

⊙○⊙●○△

虎旆拥貔貅，

⊙●●○△

看阵云截岸，

●⊙○⊙●

霜气横秋。

⊙●○△

千雉严城，

⊙●○○

五更残角月如钩。

●○○●●○△

西风晓入貂裘。

○○●●○△

恨儒冠误我，

●○○⊙●

却羡兜鍪。

⊙●○△

六郡少年，

⊙●●○

三关老将，

○○●●

贺兰烽火新收。

⊙○⊙●○△

天外岳莲楼，

○●●○○

挂几行雁字，

●⊙○⊙●

指引归舟。

⊙●○△

正好黄金换酒，

⊙●○○●●

羯鼓醉凉州。

●●●○△

三十、满江红 ［元］萨都剌

六代豪华，

⊙●○○

春去也、

⊙⊙●

更无消息。

⊙○⊙▲

空怅望，

⊙⊙●

山川形胜，

⊙○⊙●

已非畴昔。

●○○▲

王谢堂前双燕子，

⊙●⊙○○●●

乌衣巷口曾相识。

⊙○⊙●○○▲

听夜深寂寞打孤城，

●⊙○⊙●●○○

春潮急。

○○▲

思往事，

○⊙●

愁如织。

○○▲

怀故国，

○⊙●

空陈迹。

○○▲

但荒烟衰草，

●⊙○○●

乱鸦斜日。

●○○▲

玉树歌残秋露冷，

⊙●⊙○○●●

胭脂井坏寒蛩泣。

⊙○⊙●○○▲

到如今只有蒋山青，

●⊙○⊙●●○○

秦淮碧。

○○▲

三十一、念奴娇 ［元］萨都剌

石头城上，

●○○●

望天低吴楚、

●○○⊙●

眼空无物。

●○○▲

指点六朝形胜地，

⊙●⊙○○●●

惟有青山如壁。

⊙●⊙○○▲

蔽日旌旗，

⊙●○○

连云樯橹，

○○⊙●

白骨纷如雪。

⊙●○○▲

一江南北，

⊙○○●

消磨多少豪杰。

⊙○⊙●○▲

寂寞避暑离宫，

⊙●⊙●○○

东风辇路，

○○⊙●

芳草年年发。

⊙●○○▲

落日无人松径冷，

⊙●⊙○○●●

鬼火高低明灭。

⊙●⊙○○▲

歌舞尊前，

⊙●○○

繁华镜里，

⊙○⊙●

暗换青青发。

⊙●○○▲

伤心千古，

⊙○○●

秦淮一片明月。

⊙○○●○▲

三十二、摸鱼儿 ［元］张翥

涨西湖、

●○○

半篙新雨，

⊙○○●

麴尘波外风软。

⊙○○●○▲

兰舟同上鸳鸯浦，

○○⊙●○○●

天气嫩寒轻暖。

⊙●⊙○○▲

帘半卷，

○●▲

度一缕歌云、

⊙●●○○

不碍桃花扇。

⊙●○○▲

莺娇燕婉，

○○●▲

任狂客无肠，

●⊙●○○

王孙有恨，

⊙○⊙●

莫放酒杯浅。

⊙●●○▲

垂杨岸，

○○●

何处红亭翠馆。

⊙●○○●▲

如今游兴全懒。

⊙○○●○▲

山容水态依然好，

○○⊙●○○●

惟有绮罗云散。

⊙●●○○▲

君不见，

○●▲

歌舞地、

⊙●●

青芜满目成秋苑。

○○⊙●○○▲

斜阳又晚，

○○●▲

正落絮飞花，

●⊙●○○

将春欲去，

⊙○⊙●

目送水天远。

⊙●●○▲